中華新韻

（十四韵）

赵京战　编著

中华书局

图书在版编目(CIP)数据

中华新韵:十四韵/赵京战编著. —北京:中华书局,2011.6(2024.3 重印)
ISBN 978-7-101-07845-9

Ⅰ.中… Ⅱ.赵… Ⅲ.诗律-韵书-中国 Ⅳ.I207.21

中国版本图书馆 CIP 数据核字(2011)第 022279 号

书　　　名	中华新韵(十四韵)
编 著 者	赵京战
责任编辑	马　燕
责任印制	陈丽娜
出版发行	中华书局
	(北京市丰台区太平桥西里 38 号　100073)
	http://www.zhbc.com.cn
	E-mail:zhbc@zhbc.com.cn
印　　　刷	三河市鑫金马印装有限公司
版　　　次	2011 年 6 月第 1 版
	2024 年 3 月第 13 次印刷
规　　　格	开本/880×1230 毫米　1/32
	印张 3¼　字数 60 千字
印　　　数	50001–54000 册
国际书号	ISBN 978-7-101-07845-9
定　　　价	15.00 元

目 录

前　言

　　中华诗词学会提出"倡今知古，双轨并行"的用韵方针，大力推广新声韵。本书是为了满足广大新声韵诗词作者的创作需要，为新声韵创作服务的工具书。

　　本书的初稿发表于2004年第6期《中华诗词》杂志，由赵京战执笔，当时署名"中华诗词编辑部。"2006年收入笔者《诗词韵律合编》（中华书局出版）一书，之后，笔者一直对其进行修订和校对工作，以确保准确无误。

　　韵书，是诗词创作的便利工具。对于广大诗词作者来说，尤其需要一本包括新旧韵在内的综合性韵书。为了适应更广泛的创作需要，本书的附录部分还收入了《平水韵》、《宽韵》、《词林正韵》和《中原音韵》。本书实际上是一本"五韵全书"，携带、使用更加方便。

　　韵书不能代替字典词典。如果不知道

一个字的读音，单靠韵书来解决，会有很多不便。结合使用字典词典，对高效率地用好韵书，是一个很好的帮助。

　　由于笔者个人能力所限，本书不当之处在所难免，读者在使用中能否达到预期的目的，那就要在实践中来检验了。我希望读者在使用中能对本书提出宝贵意见，以便再版时能够有所改进。在此谨表衷心的谢意！

赵京战

2009.10.01.于北京

凡　例

1.　本韵表共收字8091字，其中阴平2024字，阳平2080字，上声1324字，去声2663字。

2.　本韵表主要依据《现代汉语词典》（第5版），参照《现代汉语通用字表》收录。为了诗词创作的实际需要，收录的字不超出通用电子计算机汉字字库之范围。

3.　韵部中的字，按音序即汉语拼音字母先后次序排列，拼音首个字母用方括号"［　］"标出，后面的字按音节排列。

4.　字下加"点"者，为多音字。

5.　本韵表以诗词创作为目的，因而不列出轻声字、方言字。

6.　本韵表诗、词、曲通用。

7.　十三支的韵母（–i）只是音节书写形式的要求，并不参加与声母相拼，因而是不发音的，故称"零韵母。"

【主要参考书目】

《现代汉语词典》，商务印书馆，2005年6月第5版

《新华字典》，商务印书馆，2000年8月版

《简化字总表》，中国文字改革委员会，1964年5月编发

《现代汉语通用字表》，国家语言文字工作委员会、中华人民共和国新闻出版署，1988年3月25日

《第一批异体字整理表》，中华人民共和国文化部、中国文字改革委员会，1955年12月22日

《汉语大字典》，李格非主编，四川辞书出版社、湖北辞书出版社，2000年4月第1版

中华新韵

（十四韵）

一麻（454字）

a、ia、ua

【阴平】（155字）　[a]阿啊锕腌[b]八巴扒叭芭吧疤捌笆粑鲃[c]拆擦嚓叉杈差插喳馇碴锸艖嚓欻[d]耷搭嗒答褡[f]发[g]夹旮伽呷咖胳嘎瓜呱刮括胍栝鸹[h]哈铪化花砉哗[j]加夹伽茄佳迦珈挟枷浃痂家笳袈葭跏嘉镓[k]咔咖喀夸[l]垃拉啦喇邋[m]妈抹蚂麻摩[n]那南[p]趴派啪葩[q]掐袷葜[s]仨挲撒杀杉沙纱刹砂莎铩挲痧

扎札轧闸炸铡喋

【上声】(66字) [b]把钯靶[c]礤
叉衩蹅镲[d]打嗲[f]法砝[g]尕嘎呱
剐寡[h]哈[j]甲岬胛贾钾假斝婫槚瘕
[k]卡佧咔咯胩侉垮[l]拉喇俩[m]马
吗犸玛码蚂[n]哪[q]卡[s]洒靸撒潵
傻耍[t]塔獭鳎[w]瓦佤[y]疋哑雅[z]
咋拃眨砟鲊爪

【去声】(121字) [b]坝把爸耙罢
鲅霸灞[c]叉汊杈岔刹衩诧差姹[d]大
[f]发砝珐[g]尬卦诖挂褂[h]哈化划华
画话桦婳[j]价驾架假嫁稼[k]挎胯跨
[l]拉剌落腊蜡瘌辣癞钄[m]杩祃蚂骂

歌过咼埚郭涡聒锅蝈[h]诃呵喝嗬耠

锪劐嚄豁攉[k]坷苛珂柯轲科屙疴棵

颏嗑稞窠颗磕瞌蝌髁[l]肋嘞捋啰[m]

摸[o]噢[p]朴钋陂坡泊泺泼钋颇酦

[s]奢赊猞畲说莎唆娑桫梭挲睃蓑嗦

嗍羧缩[t]托拖脱[w]挝莴倭涡喔窝蜗

踒[y]育哟唷[z]折蜇遮拙捉桌倬棁涿

焯作嘬

【阳平】（194字）　　[b]伯驳帛泊柏

勃钹铂亳浡舶袯脖博鹁渤搏鲌僰箔魄

膊踣镈薄礴[c]嵯矬痤瘥蹉[d]得锝德

夺度铎踱[e]讹俄莪哦峨娥饿鹅蛾额

[f]佛[g]革阁格鬲胳搁葛蛤颌隔塥嗝

豯膈骼镉国掴帼腘虢鹹[h]禾合纥何和郃劾河曷饸阖盍荷核盉菏龁盒涸颌貉阖翮和活[k]壳咳颏[l]罗萝啰逻胹猡椤锣箩骡螺[m]无谟馍嫫摹模膜麽摩磨嬷蘑魔[n]哪挪娜傩[o]哦[p]婆鄱繁皤[r]挼[s]舌折佘蛇阇揲[t]驮佗陀坨沱驼柁砣铊鼧酡跎橐鼍[z]则责择咋迮泽喷帻笮舴簀赜折哲辄蛰蜇谪摺磔辙灼茁卓斫浊酌浞诼著啄着琢褚缴擢濯镯昨笮琢

【上声】(60字)　　[b]跛簸[c]尺扯脞[d]朵垛躲亸[e]恶[g]个合各哿舸盖葛果馃椁蜾裹[h]火伙钬渨夥[k]可

坯岂轲渴[1]倮裸瘰赢[m]抹[p]叵钜
笸[r]若喏惹[s]舍所索唢琐锁[t]妥
庹椭[w]我[z]者锗赭褶左佐撮

【去声】(237字) [b]柏薄檗擘簸
[c]册厕侧测恻策彻坼掣撤澈辵啜惙
绰辍龊挫厝措锉错[d]驮剁垛舵堕惰
跺[e]厄扼苊呃轭垩恶饿鄂阏谔萼遏
愕腭鹗锷颚噩鳄[g]个各圪硌铬膈过
[h]吓和贺荷喝赫褐鹤嚣壑[h]或和货
获祸惑霍嚄豁镬藿嚯蠖[k]可克刻恪
客课氪骒绲嗑锞溘扩括适栝蛞阔廓
[1]仂乐泐勒鳓饹泺荦洛骆络珞烙硌
落跞攞雒漯[m]万末没抹茉殁沫陌冒

脉莫秣蓦貊漠寞靺嘿墨镆瘼默磨貘礳糡[n]讷那呐诺喏搦锘懦糯[o]哦[p]朴迫珀破粕魄[r]热若郡偌弱箬[s]色涩啬铯瑟塞穑库设社舍拾射涉赦摄滠慑歙麝妁烁铄朔硕搠蒴数槊[t]忑忒特铽慝拓柝唾箨魄[w]肟沃卧握硪幄渥斡齷[z]仄昃这柘浙蔗嗻鹧作坐阼怍柞胙祚唑座做酢

三　皆 (297字)

ie、üe

【阴平】(48字)　[b]瘪憋鳖[d]爹

跌[j]节阶疖皆结接秸揭喈嗟街湝楷撅
[l]咧[m]乜咩[n]捏[p]气撇瞥[q]切炔
缺阙[t]帖贴萜[x]些揳楔歇蝎削靴薛
[y]耶倻掖椰噎曰约

【阳平】(98字)　　[b]别蹩[d]迭垤
瓞谍堞揲耋喋牒叠碟蝶蹀鲽[j]孑节
讦劫杰诘拮洁结桔桀捷偈婕颉睫截碣
鲒竭羯孓决诀抉角玦珏缺觉绝倔掘桷
崛脚觖厥劂谲蕨獗橛噱镢爵蹶夔嚼爝
攫镢[q]伽茄瘸[x]叶协邪胁挟偕斜谐
絜颉携鲑撷鞋缬缬襭穴茓学踅噱[y]
邪爷耶揶铘

【上声】(19字)　　[b]瘪[j]姐解蹶

[l]咧裂[p]苤撇[q]且[t]帖铁[x]写
血雪鳕[y]也冶野哕

【去声】（132字）　　[b]别[j]介价戒
芥玠届界疥诫蚧借骱解藉偈[l]列劣
冽洌埒烈捩猎裂趔躐鬣掠略锊[m]灭
蔑篾蠛[n]陧聂臬涅啮嗫镊镍颞蹑孽
蘖蘗疟虐[q]切郄妾怯砌窃挈惬趄慊
锲箧却惬雀确阕鹊阙榷[t]帖餮[x]写
泄泻绁契卸屑械褻渫谢塌解榭榍薤獬
邂廨瀣懈燮蟹灺躞血谑[y]业叶页曳
邺夜咽晔烨掖液谒腋馌餍月乐刖軏玥
岳栎钥说钺阅悦跃越粤樾龠瀹

四开 (268字)

ai、uai

【阴平】(52字)　[a]哎哀埃挨唉欸嗳锿[b]掰[c]偲猜拆钗差揣㩘[d]呆呔待[g]该陔垓赅乖掴[h]咳嗨[k]开揩锎[p]拍[s]思腮塞噻鳃筛衰摔[t]台苔胎[w]歪喎[z]灾甾哉栽侧斋摘拽

【阳平】(46字)　[a]挨皑癌[b]白[c]才材财裁侪柴豺[h]还孩骸怀徊淮槐踝耲[l]来莱崃徕涞梾铼[m]埋霾[p]俳排徘牌[t]台邰抬苔骀炱跆鲐臺

薹[z]宅择翟

　　【上声】(55字)　　[a]欸嗳矮蔼霭[b]百伯佰柏捭摆[c]采彩睬踩苉揣[d]歹逮傣[g]改拐[h]胲海醢[k]剀凯垲闿恺铠慨齘楷锴蒯[m]买荬[n]乃艿奶氖廼哪[p]迫排[s]色甩[w]崴[z]仔载宰崽窄转

　　【去声】(115字)　　[a]艾唉爱隘碍嗳嗌嫒瑷暖[b]呗败拜稗[c]采菜蔡虿瘥啜揣嘬踹膪[d]大代轪甙岱迨绐骀玳带殆贷待怠埭袋逮戴黛[g]丐芥钙盖溉概夬怪[h]亥骇氦害坏[k]忾欬会块快侩郐哙狯浍脍筷鲙[l]徕赉睐赖

濑癞籁[m]劢迈麦卖脉唛[n]奈柰偆耐
萘鼐[p]哌派蒎湃[s]塞赛晒帅率蟀
[t]太汰态肽钛泰酞[w]外[z]再在载
债砦祭寨瘵拽

五微 （409字）

ei、ui

【阴平】（95字）　　[b]陂杯卑背椑
悲碑鹎[c]吹炊衰崔催摧榱[d]嘚堆
[f]飞妃非菲啡绯扉蜚霏鲱[g]归圭龟
妫规邦皈硅瑰鲑鳏[h]黑嘿灰诙挥
虺咴恢祎珲晖堕辉翚麾徽隳[k]剋亏

崝悕盔窥[l]勒[p]呸胚醅[s]尿虽荽
睢睢濉[t]忒（tei）忒（tui）推[w]
危委威逶偎隈撼葳崴微煨溦薇鳂巍
[z]隹追骓椎锥

【阳平】(85字)　[c]垂陲捶棰椎
槌锤[f]肥淝腓[h]回茴徊洄蛔[k]奎
逵馗隗揆葵喹骙暌魁睽蝰夔[l]累雷
嫘缧擂檑礌镭羸[m]没玫枚眉莓梅郿
嵋猸湄媒楣煤酶镅鹛霉縻[p]陪培赔
锫裴[r]蕤[s]谁谇绥隋随遂[t]颓[w]
韦为圩违围帏闱沩桅涠唯帷惟维嵬潍
[z]贼

【上声】(65字)　[b]北[c]璀[f]

匪诽菲悱斐榧蜚翡篚[g]给宄轨庋瓯
诡鬼姽癸晷簋[h]烠悔毁[k]傀跬[l]
耒诔垒累磊蕾儡[m]每美浼镁[n]哪馁
[r]蕊[s]水髓[t]腿[w]伟伪苇尾纬玮
委炜洧诿娓萎唯隗猥韪艉痿鲔[z]咀
嘴

【去声】(164字)　　[b]贝孛邶狈备
背钡倍悖被辈惫焙蓓碚鞴褙韝鞁[c]
脆萃啐淬悴毳瘁粹翠[d]队对兑怼敦
碓憝镦[f]芾吠肺狒废沸费荆痱镄[g]
柜炅圳刽炔贵桂桧跪鳜[h]卉汇会讳
荟哕浍诲绘恚桧贿烩彗晦秽惠喙翙溃
缋慧蕙蟪[k]匮蒉喟馈溃愦愧襁聩箦

[l]肋泪类累醭擂纇[m]沫妹昧袜谜寐媚魅[n]内[p]沛帔佩配旆辔霈[r]芮汭枘蜹锐瑞睿[s]说税睡岁谇祟遂碎隧燧穗邃[t]退蜕煺褪[w]卫为未位味畏胃谓尉遗喂猬渭蔚慰魏鳚[z]坠缀惴缒赘最晬罪樶蕞醉

六萧 (619字)

ao、iao

【阴平】(164字)　[a]凹熬[b]包苞孢胞炮剥鉋煲褒杓标飑彪摽骠膘飙飚镖瘭瀌镳[c]操糙抄吵怊钞绰超焯剿

[d]刀叨忉氘魛刁叼汈凋貂碉雕鲷[g]
皋高羔榚睪膏篙糕[h]蒿薅嚆[j]艽
交郊茭峧浇娇姣骄胶教椒蛟焦跤僬鲛
蕉礁鹪[k]尻[l]捞撩蹽[m]猫喵[n]孬
[p]抛泡脬剽漂缥飘螵[q]悄硗雀跷楸
劁敲撬缲[s]搔骚缫缲臊捎烧梢稍蛸
筲艄鞘[t]叨涛绦焘掏滔韬饕佻挑祧
[x]肖枭枵削哓骁逍鸮消宵绡萧硝销
翛蛸箫潇霄魈嚣[y]幺夭吆约妖要腰
邀[z]遭糟钊招昭啁着朝嘲

【阳平】(153字) [a]敖遨嗷廒璈
獒熬聱螯翱鳌鏖[b]雹薄[c]曹嘈漕槽
螬艚晁巢朝嘲潮[d]叨捯[h]号蚝毫嗥

貉豪壕嚎濠[j]矫嚼[l]劳牢唠崂锘痨

醪辽疗聊僚寥撩嘹獠潦簝缭燎鹩[m]

毛矛茆茅牦旄猫锚髦蝥蟊苗描鹋瞄

[n]敉挠硇铙蛲猱[p]刨咆狍庖炮袍匏

跑朴嫖瓢藨[q]乔侨荞峤桥硗翘谯蕉

憔樵瞧[r]荛饶娆桡[s]勺芍苕韶[t]

逃洮桃陶萄梼啕淘绹鼗条苕迢调笤韶

蜩鬏鲦[x]洨崤淆[y]爻尧侥肴轺峣姚

珧陶铫窑谣摇徭遥瑶繇鳐[z]啁着

　　【上声】(121字)　[a]拗袄媪[b]饱

宝保鸨葆堡褓表婊褾[c]草吵炒[d]导

岛捣倒祷蹈鸟[g]杲搞缟槁镐稿藁[h]

好郝[j]角佼佼挢狡饺绞铰矫皎脚搅

湫敿剿徼缴[k]考拷栲烤[l]老佬姥栳

铑潦了钌蓼燎[m]卯峁泖昴铆杪眇秒

淼渺缈藐邈[n]垴恼脑瑙鸟茑袅嬲[p]

跑莩殍漂缥瞟[q]巧悄雀愀[r]扰娆[s]

扫嫂少[t]讨挑朓窕斢[x]小晓筱[y]杳

咬舀崾窈[z]早枣蚤澡璪藻爪找沼

【去声】(181字)　[a]坳坳拗傲奥

骜墺澳懊鳌[b]报刨抱趵豹鲍暴瀑曝

爆俵摽鳔[c]秒[d]到帱倒焘盗悼道

稻纛吊钓调掉锦铫[g]告郜诰锆膏

[h]号好昊耗浩淏皓镐颢灏[j]叫峤

觉校轿较教窖滘酵噍徼藠醮嚼[k]铐

犒靠[l]络唠烙涝落耢酪嫪炵钌料撂

廖瞭镽[m]芼茂眊冒贸耄鄮袤鄚帽瑁

貌瞀懋妙庙缪[n]闹淖臑尿脲溺[p]

泡炮疱票僄嘌漂骠[q]壳俏诮峭窍翘

谯撬鞘[r]绕[s]扫埽梢艄臊少召邵

劭绍捎哨稍潲[t]套眺粜跳[x]孝肖

校哮笑效啸[y]疟药要钥崾靿鹞藥曜

耀[z]皂灶唣造慥噪簉燥躁召兆诏赵

笊棹照罩肇

七尤 （430字）

ou、iu

【阴平】（91字）　[c]抽绌瘳犨[d]

丢铥都兜蔸篼[g]勾句佝沟枸钩缑篝鞲[h]齁[j]纠鸠究纠阄揪啾鬏[k]抠芤眍[l]溜熘蹓搂[m]哞[n]妞[o]区讴沤瓯欧殴鸥[p]剖[q]丘邱龟秋蚯萩湫楸鳅鞧[s]收搜嗖馊廋溲飕锼螋艘[t]偷[x]休咻修庥羞貅馐髹[y]优攸忧呦幽悠鄾耰[z]舟州诌周洲辀啁鵃粥盩邹驺诹陬鄹鲰

【阳平】（102字） [c]仇俦帱惆绸畴酬稠愁筹踌雠[h]侯喉猴瘊篌糇[l]刘浏留流琉硫遛馏旒骝榴飗镏鹠瘤镠鎏娄偻蒌喽溇楼耧蝼髅[m]牟侔眸谋蛑缪鍪[n]牛[p]抔掊裒[q]仇囚

犰求虬泅俅怮酋逑球赇逎巰裘璆蝤鮂[r]柔揉糅蹂鞣[s]熟[t]头投骰[y]尤由邮犹油柚疣莜莸铀蚰鱿游猷蝣蝤繇[z]妯轴磟

【上声】（64字）　[c]丑瞅[d]斗抖陡蚪[f]缶否[g]苟岣狗枸笱[h]吼[j]九久玖灸韭酒[k]口[l]柳绺锍搂嵝篓[m]某[n]扭狃忸纽杻钮[o]呕偶耦藕[p]掊[q]糗[s]手守首艏叟嗖嗾擞薮[x]朽宿潊[y]友有酉卣羑莠锈牖黝[z]肘帚走

【去声】（173字）　[c]臭凑辏腠[d]斗豆逗读痘窦[g]勾构购诟垢够遘彀

媾觏[h]后郈厚侯逅候鲎[j]旧臼咎疚
枢柏救厩就舅鹫[k]叩扣寇筘蔻[l]六
陆碌遛馏溜镏鹨蹓陋镂瘘漏露[m]谬
缪[n]拗耨[o]沤怄[r]肉[s]寿受狩授
售兽绶瘦嗽擞[t]透[x]秀岫臭袖绣琇
宿锈嗅溴[y]又右幼有佑侑柚囿宥诱
蚴釉鼬[z]纣咒宙荮轴胄昼酎皱籀骤
籀奏揍

八寒（1082字）

an、ian、uan、üan

【阴平】（275字）　[a]厂安桉氨庵

谄鹐鞍盦[b]扳班般颁斑搬瘢癍边砭

筶编煸蝙鳊鞭[c]参骖餐觇掺搀川氚

穿氽掸镩躔[d]丹担单眈眈郸聃殚瘅

箪儋掂滇颠巅癫端[f]帆番蕃幡藩翻

[g]干甘玕杆肝坩苷矸泔柑竿酐疳尴

关观纶官冠矜莞倌棺鳏[h]顸蚶酣憨

鼾欢獾[j]戋尖奸歼坚间浅肩艰监兼

菅笺渐犍湔缄搛兼煎缣鲣鹣鞯捐涓娟

圈朘鹃镌蠲[k]刊看勘龛堪戡宽髋[m]

嫚颟[n]囡拈蔫[p]扳番潘攀片扁偏犏

篇翩[q]千仟阡扦芊迁岍佥汧钎牵铅

悭谦签愆鹐骞搴褰悛圈棬[s]三叁毵

山芟杉删苫钐衫姗珊埏栅舢扇跚煸潸

膻闩拴栓狻酸[t]坍贪啴摊滩瘫天添

黇湍[w]弯猰塆湾蜿豌[x]仙先纤氙袄

籼莶掀酰跹锨锬鲜暹轩宣烜谖揎萱喧

瑄暄煊儇襸[y]咽恹殷胭烟焉崦阉阏

淹腌湮鄢嫣燕鸢智鸳冤渊涴蜎箢[z]

糌簪占沾毡旃粘詹谵瞻专砖颛钻躜

【阳平】(251字)　[c]残蚕惭单谗

婵馋禅孱缠蝉廛潺澶镡瀍蟾巉躔镵传

舡船遄椽攒[f]凡矾钒烦墦蕃樊璠燔

繁蹯繁[h]邗汗邯含函晗焓涵韩寒还

环郇洹桓萑锾圜澴寰缳鹇鬟[l]兰岚

拦栏婪阑蓝谰澜襕篮斓镧襕衾连怜帘

莲涟联裢廉鲢濂臁镰蠊峦孪娈栾挛鸾

脔漯銮[m]埋蛮谩蔓馒螨鞔鳗眠绵棉

[n]男南难喃楠年粘鲇黏[p]爿胖般盘

槃磐蹒蟠便骈胼缠蹁[q]荨钤前虔钱

钳捐乾犍潜黔权全诠荃泉轻拳铨痊筌

蜷醛鲸鬈颧[r]蚺然髯燃[t]坛昙倓郯

谈弹覃锬痰谭潭澹檀镡田佃畋恬钿甜

湉填阗团抟[w]丸纨完玩顽烷[x]闲贤

弦挦咸涎娴衔舷痫鹇嫌玄痃悬旋漩璇

[y]延闫芫严言妍岩炎沿研盐铅阎蜒

筵颜檐元芫园员沅垣爰袁原圆鼋援湲

媛缘塬猿源嫄辕橼蝾圜[z]咱

　　　　【上声】（223字）　　[a]俺埯铵揞[b]

阪坂板版钣舨蝂贬扁匾碥褊[c]惨黪

产浐谄嘽铲阐葳骣辗舛喘[d]胆疸掸

赕亶典点碘踮短[f]反返[g]杆秆赶敢

感橄擀鳡莞馆琯管鳤[h]罕喊缓[j]囝

拣枧茧柬俭捡笕检趼减剪硷睑铜裥简

谫戬碱翦蹇謇卷锩[k]坎侃砍莰槛款

[l]览揽缆榄罱嵝懒琏敛脸裣敮卵[m]

满螨丏免沔黾眄勉娩冕渑湎缅腼[n]

赧腩蝻捻辇辗撵碾暖[p]谝[q]欦浅遣

谴缱犬畎绻[r]冉苒染阮软朊[s]伞散

糁馓闪陕掺[t]忐坦钽袒菼毯忝殄觍

腆靦舔瞳[w]宛挽莞菀晚晥惋婉绾琬

皖碗畹[x]狝冼显洗险蚬猃筅铣跣鲜

藓燹选晅烜癣[y]奄兖偃衍弇剡厣掩

郾眼偃琰㷱罨演魇巘黡黫远[z]捛昝

攒趱斩飐盏展崭搌辗转缵纂

　　【去声】（333字）　　[a]犴岸按胺案

暗黯[b]办半扮伴拌绊桦瓣卞弁抃苄

汴忭变便遍缏辨辩辫[c]灿掺孱粲璨

忏颤羼鬓串钏窜篡爨[d]石旦但担诞

萏菪啖淡惮弹蛋氮亶瘅澹电佃甸阽坫

店玷垫钿淀惦奠殿靛簟癜段断缎椴煅

锻镦[f]犯饭泛范贩畈梵[g]干旰绀淦

赣观贯冠掼涫惯裸盥灌瓘鹳罐[h]汉

汗旱捍悍菡焊颔撖撼翰憾瀚幻奂宦换

唤焕浣患焕逭痪豢漶鲩擐轘[j]见件

间饯建荐贱剑监涧健舰渐谏楗践铜毽

腱溅鉴键槛僭踺卷隽倦猏粂绢鄄圈眷

[k]看坎墈阚瞰[l]烂滥练炼恋殓链楝

潋乱[m]曼谩墁蔓幔漫慢嫚缦熳镘面

眄[n]难廿念埝[p]判拚泮盼叛畔袢襻

片骗[q]欠纤芡茜倩堑椠嵌慊歉劝券

[s]散讪汕苫钐疝单剡扇掸善禅骟鄯

缮擅膳嬗赡蟮鳝涮蒜算[t]叹炭探碳

掭彖[w]万腕蔓[x]见苋县岘现限线宪

陷馅羡献腺霰券泫炫绚眩铉旋渲楦碹

[y]厌砚咽彦艳晏唁宴验谚堰雁焰焱

滟酽餍谳燕赝苑怨院垸掾媛瑗愿[z]

暂錾赞酂瓒占栈战站绽湛颤蘸传沌转

啭琢赚撰篆馔钻赚攥

九真 (607字)

en、in、un、ün

【阴平】(187字)　[b]奔贲锛邠玢宾彬傧斌滨缤槟镔濒豳[c]参抻郴琛嗔春椿蝽村皴[d]吨惇敦墩礅镦蹾蹲[e]恩蒽[f]分芬吩纷玢氛棻酚[g]根跟[h]昏荤阍惛婚[j]巾斤今金津衿矜筋禁襟军均龟君钧菌菌鞫筠鲲麇[k]坤昆裈琨焜髡锟醌鲲[l]拎抡[m]闷[p]喷拼姘[q]钦侵亲衾骎嵚囷逡[s]森申伸身呻诜参绅莘砷娠深糁鲹燊孙

苏狨飧[t]吞噉[w]温辒瘟蕰鳁[x]心
芯辛忻昕欣莘锌新歆薪馨鑫荤勋埙熏
窨薰獯臐醺[y]因阴茵荫音洇姻氤殷
烟铟堙喑愔晕缊氲赟[z]贞针侦珍帧
胗浈真桢砧祯蓁斟甄溱榛禛箴臻迍肫
窀谆尊遵樽鳟

【阳平】(153字)　　[c]岑涔臣尘辰
沉忱陈宸晨谌纯莼唇淳鹑醇存蹲[f]
坟汾棼焚濆豮[g]哏[h]痕浑珲馄混魂
[l]邻林临啉淋琳邻嶙遴潾璘霖辚磷
瞵鳞麟仑伦论抡囵沦纶轮[m]门们扪
钔亹民苠旻岷珉缗[n]恁您[p]盆溢贫
频嫔蘋颦[q]芹芩矜秦琴覃禽勤嗪溱

擒噙蟫裙群麇[r]人壬仁任[s]什神
[t]屯囤饨豚鲀臀[w]文纹炆闻蚊阌雯
[x]旬寻巡郇询荀荨峋洵浔恂珣枸循
鲟[y]圻吟垠狺崟银淫寅鄞龈夤嚚霪
云匀芸员沄纭昀郧耘涢筠篔鋆

【上声】(94字)　　[b]本苯畚[c]碜
蠢忖[d]盹趸[f]粉[g]艮衮绲辊滚磙
鲧[h]很狠[j]仅尽昚紧堇锦谨馑瑾槿
[k]肯垦恳啃捆阃悃[l]凛廪檩[m]皿
闵抿黾泯闽悯敏愍鳘[p]品榀[q]锓寝
[r]忍荏稔[s]沈审哂矧谂婶吮楯损笋
隼榫[t]氽[w]刎吻紊稳[y]尹引吲饮
蚓殷隐瘾允狁陨殒[z]怎诊枕轸畛疹

袗缜准撙

【去声】(173字)　[b]夯坌奔笨摈
殡膑髌鬓[c]衬疢龀称趁槎谶寸[d]囤
沌炖砘钝盾顿遁楯[e]摁[f]分份奋忿
偾粪愤鲼濆[g]亘茛茛棍[h]恨诨混溷
[j]仅尽进近妗劲荩浕晋赆烬浸琎裰
靳禁缙觐殣噤俊郡捃峻浚骏珺菌焌畯
竣[k]揩裉困[l]吝赁淋蔺膦躏论[m]
闷焖懑[n]恁嫩[p]喷牝聘[q]吣沁揿
[r]刃认仞任纫韧轫饪妊纴衽葚闰润
[s]肾甚胂渗葚椹蜃疹慎顺舜瞬[t]褪
[w]问汶纹揾璺[x]囟芯信衅训讯汛迅
驯徇逊殉浚巽熏蕈噀[y]印饮荫荫胤

窘憝孕运员郓恽晕酝愠韫韵蕴熨[z]
谵圳阵鸩振朕赈瑱震镇

十阳 (518字)

ang、iang、uang

【阴平】(148字) [a]肮[b]邦帮
梆浜[c]仓伧苍沧舱伥昌倡菖猖阊娼
鲳创疮窗[d]当珰铛裆筜[f]方邡坊
芳枋钫[g]冈扛刚杠岗肛纲钢缸罡光
咣桄胱[h]夯肓荒塃慌[j]江茳将姜
豇浆僵缰鳉礓疆[k]闶康慷糠匡诓
哐筐[l]啷[m]牤[n]囊囔[p]乓滂膀

[q]抢呛羌枪戗戕将腔蜣锖锵镪[r]
嚷[s]丧桑伤汤殇商觞墒熵双泷霜孀
[t]汤铴耥嘡趟羰镗蹚[w]汪[x]乡芗
相香厢湘缃箱襄骧镶[y]央泱殃鸯秧
鞅[z]赃脏牂臧张章鄣獐彰漳嫜璋樟
蟑妆庄桩装

【阳平】（138字）　[a]昂[c]藏长
场苌肠尝倘常偿徜裳嫦床幢[f]防坊
妨肪房鲂[h]行吭杭绗航颃皇黄凰隍
喤徨徨湟惶煌锽潢璜蝗篁磺癀蟥簧鳇
[k]扛狂诳[l]郎狼阆琅廊榔锒稂螂良
莨凉梁椋辌量粮粱樑踉[m]邙芒忙杧
盲氓茫硭[n]囊馕娘[p]彷庞逄旁蒡膀

磅螃鳑[q]强墙蔷嫱樯[r]襄瀼禳穰瓤
穰[t]饧唐堂棠郎塘搪溏瑭樘膛螗镗
糖螳[w]亡王[x]详降庠祥翔[y]扬羊
阳场杨旸飏炀佯疡垟徉洋烊蛘

【上声】(94字)　　[b]绑榜膀[c]厂
场昶惝敞氅闯[d]挡党谠[f]仿访彷
纺昉舫[g]岗港广犷[h]恍晃谎幌[j]
讲奖桨蒋耩膙[k]夼[l]朗烺滝两俩魉
[m]莽漭蟒[n]曩攮馕[p]嗙耪[q]抢羟
强镪襁[r]壤攘嚷[s]搡嗓磉颡上埫响
赏爽[t]帑倘淌傥镋躺[w]网枉罔往惘
辋魍[x]享响饷饟想鲞[y]仰养氧痒
[z]驵长仉涨掌奘

【去声】(138字) ［a］盎［b］蚌棒傍谤搒莠膀磅镑［c］场伥畅倡鬯唱创怆［d］当凼砀宕垱挡荡档砀［f］放［g］杠岗钢筻戆桄逛［h］行沆巷晃滉棵［j］匠降虹将泽绛浆强酱犟糨［k］亢伉抗阆炕钪邝圹纩旷况矿贶框眶［l］郎茛阆浪蒗亮倞凉悢谅辆靓量晾喨踉［n］齉酿［p］胖［q］呛戗炝跄蹡［r］让瀼［s］丧上尚绱［t］烫趟［w］王妄忘旺望［x］向项巷相象像橡［y］快样恙烊鞅漾［z］脏奘葬藏丈仗杖帐账胀涨障幛嶂瘴壮状僮撞幢戆

十一庚 （796字）

eng、ing、ong、iong

【阴平】（253字）　[b]崩绷嘣冰并兵屏枋槟[c]噌柽琤称蛏铛蛏柽撑噌瞠冲充忡苁涌春憧艟匆苁囱枞葱骢璁聪熜[d]灯登噔镫簦蹬丁仃叮玎盯町钉疔耵酊东冬咚崇氢鸫[e]鞥[f]丰风沣沨枫封砜疯峰烽葑锋蜂酆[g]更庚耕赓羹工弓公功红攻供肱宫恭蚣躬龚觥[h]亨哼轰哄訇烘薨[j]茎京泾经荆菁猄旌惊晶腈睛粳兢精鲸鳈肩[k]坑吭硁铿空倥崆箜[l]棱隆[m]蒙[p]抨

怦砰烹嘭澎乒俜娉[q]青轻氢倾卿圊
清蜻鲭[r]扔[s]僧升生声牲胜笙甥忪
松娀凇菘淞嵩[t]樘厅汀听烃䅟恫通
嗵[w]翁嗡滃鹟[x]兴星骍猩惺腥凶兄
芎匈汹胸[y]应英莺婴瑛撄嘤嫈缨璎
樱鹦膺鹰佣拥痈邕庸鄘雍墉慵鏞壅臃
鳙饔[z]曾增憎缯罾丁正争征怔挣峥
狰钲症烝睁铮筝蒸鲭中忪忠终盅钟衷
螽枞宗综棕腙踪鬃

【阳平】(265字)　　[b]甬[c]层曾
成丞呈柽诚承城宬埕晟乘盛铖程惩裎
塍醒澄橙虫种重崇从丛淙琮[f]冯逢
缝[h]恒姮珩桁鸻横衡蘅弘红闳宏泓

荭虹竑洪鸿旇蕻簧[l]塄棱楞〇令伶

灵苓囹泠玲柃瓴铃鸰凌陵聆菱棂蛉翎

羚绫棱裬零龄鲮酃龙茏咙泷珑栊昽胧

砻眬聋笼隆癃窿[m]氓虻萌蒙盟甍瞢

懞濛檬朦鹲礞曚艨名明鸣茗洺冥铭蓂

溟瞑暝蜢[n]能宁拧咛狞柠聍凝农侬

哝浓脓秾[p]朋堋彭棚搒蓬硼鹏澎篷

膨蟛平冯评坪苹凭枰㧍洴屏瓶萍帡鲆

[q]勍情晴氰檠擎黥邛穷茕穹筇琼蛩

跫銎[r]仍戎彤茸荣绒容嵘蓉溶瑢榕

熔蝾镕融[s]渑绳[t]疼腾誊滕螣藤廷

莛亭庭停葶蜓淳婷霆仝同佟彤岭侗峒

峒桐砼铜童酮潼橦瞳瞳[x]刑邢行饧

形陉型荥钘硎雄熊[y]迎茔荥荧盈莹
萤营萦蓥楹滢蝇濙嬴嬴瀛喁颙

【上声】(125字)　[b]绷琫丙邴秉
柄饼炳屏禀[c]逞骋裎宠[d]等戥顶酊
鼎董懂[f]讽唪[g]埂耿哽绠梗颈鲠巩
汞拱珙栱[h]哄[j]井阱到胫颈景儆憬
璟警囧炅迥炯窘[k]孔恐倥[l]冷令岭
领陇拢垄笼[m]勐猛蒙锰蜢艋懵蠓酩
[n]拧[p]捧[q]苘顷请颀謦[r]冗[s]
省眚怂耸悚竦[t]町挺斑梃铤颋艇侗
统捅桶筒[w]蓊滃[x]省醒撧[y]郢颖
颖影瘿永甬咏泳俑勇涌恿蛹踊[z]拯
整肿种冢踵总偬

【**去声**】（153字）　[b]泵迸蚌绷蹦
镚蹦并病摒[c]蹭秤掁冲铳[d]邓凳嶝
澄磴瞪镫蹬订钉定啶铤腚碇锭动冻侗
峒栋峒胨洞恫胴硐[f]凤奉俸缝[g]更
晒共贡供[h]横讧哄頠蕻[j]劲径净弪
经胫悙痉竞竟婧靓敬靖静境獍镜[k]
空控[l]愣另令吟弄[m]孟梦命[n]宁
佞拧泞弄[p]碰[q]庆亲箐綮磬罄[s]
圣胜晟乘盛剩嵊讼宋送诵颂[t]梃同
恸通痛[w]瓮蕹[x]兴杏幸性姓荇悻婞
诇敻[y]应映硬塍用佣[z]综锃缯赠甑
正证郑怔净政挣症铮中仲众种重纵疭
粽

十二齐 (1016字)

i、er、ü

【阴平】(201字) [b]逼鲾[d]氐低
羝堤提嘀滴镝[j]几讥击叽饥玑圾芨
机乩肌矶鸡其奇咭剞唧积笄屐姬基期
赍犄稘缉畸跻箕稽齑畿激羁车且拘苴
狙沟居驹俱疽掬据琚趄椐锔腒雎锯裾
鞠鞫[m]咪眯[n]妮[p]丕批邳伓纰坯
披狉砒铍辟劈噼霹[q]七沏妻柒栖桤
凄萋戚期欺欹缉嘁漆蹊区曲岖诎驱屈
祛蛆躯焌趋蛐觑黢[t]剔梯锑踢[x]夕

兮西吸汐希昔析矽夗茜郗恓栖餏唏牺
息奚浠菥硒晞欷悉烯淅惜晰稀舾翁腊
牺犀晳锡溪裼熙豨蜥僖熄嘻膝嬉熹榽
螅歙羲窸蹊蟋醯曦巇圩戍吁旰耆须胥
顼虚欻墟需嘘魖[y]一伊衣医依祎咿
铱猗揖壹漪噫繄黟迂吁纡於淤

【阳平】（264字）　[b]荸鼻[d]狄迪
的籴荻敌涤笛觌嘀嫡翟镝蹢[e]儿而
鸸鲕[j]及伋吉岌汲级极即佶诘亟革
笈急姞疾棘殛戟集蒺楫辑嵴嫉蕺瘠鹡
藉踖籍局偈桔菊焗锔溴跼橘丽厘狸离
骊梨犁鹂喱蓠蜊漓缡璃嫠黎鲡罹篱藜
黧蠡[l]驴闾榈[m]弥迷祢眯猕谜醚縻

縻麋靡蘼醾[n]尼坭呢泥怩铌倪猊霓
齯鲵[p]皮陂枇毗蚍铍郫疲陴埤啤琵
椑脾鲏裨蜱罴貔鼙[q]亓齐祁圻芪岐
其奇歧祈荠俟耆顾脐旂埼萁畦崎淇骐
骑琪琦棋蛴祺锜綦蕲鳍麒蚙胸
鸲渠蕖磲璩瞿鸲蘧氍癯衢蠼[t]荑绨
提啼遆鹈缇题醍蹄鳀[x]习席觋袭媳
隰檄徐[y]匜仪圯夷沂诒迤饴怡宜荑
咦贻姨眙胰蛇廖移痍遗颐疑嶷簃彝于
与予邘伃玙欤余好盂臾鱼禺竽舁俞狳
馀谀娱萸雩渔隅揄喁喁嵛逾腴渝愉瑜
榆虞愚觎舆窬蝓

【上声】（163字）　[b]匕比吡沘妣

彼秕笔俾鄙[d]氐邸诋坻抵底柢砥骶[e]尔耳迩饵洱珥铒[j]几己纪虮挤济给脊掎觭戟麂柜咀沮莒枸矩举蒟榉龃踽[l]礼李里俚逦哩娌理锂鲤澧醴鳢蠡吕侣挶旅铝稆偻屡缕膂褛履[m]米洣芈弭脒敉靡[n]拟你旎女钕[p]匹疕圮仳否吡痞劈擗癖[q]乞芑屺岂企杞启起绮稽曲苣取娶麒[t]体[x]洗玺铣徙喜葸葸屣禧许诩浒栩湑糈醑[y]乙已以钇苡尾矣迤蚁舣酏倚椅旖与予屿伛宇羽雨俣禹语圄敔圉鄅庾龉瑀瘐龋窳

【去声】（388字）　　[b]币必毕闭庇诐畀泌赍荜毖哔陛毙铋秘狴荜庳敝婢

赑箄愎弼篦跸痹滗裨辟碧蔽箅弊薛觽
篦壁避嬖髀濞臂璧襞[d]地弟的帝递
娣荮第谛蒂棣睇缔碲踶[e]二佴贰[j]
计记伎齐纪技芰系忌际妓季剂垍荠哜
迹洎济既觊继偈徛祭悸寄寂绩塈蓟霁
跽鲚暨稷鲫髻冀穄罽蓟鰶槛骥巨句讵拒
苣具炬沮钜秬俱倨剧据距惧犋飓锯聚
窭踞屦遽濂醵[l]力历厉立吏坜苈丽
励呖利沥枥例疠戾隶荔栎郦轹俪俐疬
莉苙鬲栗砺砾猁蛎唳笠粝粒雳跞詈傈
溧痢溧篥律虑率绿氯滤[m]汩觅泌宓
秘密幂谧嘧蜜[n]伲泥昵逆匿睨腻溺
恧衄[p]屁埤淠睥辟媲僻澼甓鐾譬[q]气

讫迄弃汽妻泣亟契砌葺碛碶械器憩去
阒趣觑[t]屉剃倜逖涕悌绨惕替褐嚏
[x]卌戏饩系屃细绤阋舄隙禊潟旭序
叙洫恤畜酗勖绪续潊淆絮婿蓄煦[y]
一乂弋亿义艺刈忆艾仡议屹亦衣异抑
呓邑佚役译易峄佾怿诣驿绎轶食弈奕
疫羿挹益浥悒谊埸勚逸翊翌嗌肄裔意
溢缢蜴廙瘗鹢镒毅熠薏殪螠劓殹臆翼
镱癔懿与玉驭芋吁聿谷饫妪雨郁育昱
狱语彧峪钰浴预域堉菀欲阈谕尉遇喻
御鹆寓裕粥蓣愈煜澦誉蔚蜮毓熨豫燠
燏鹬龥

十三支 （310字）

（-i）（零韵母）

【阴平】（95字）　[c]吃郗哧鸥蚩眵笞瓻摛嗤痴媸螭魑刺呲差疵粢跐 [s]尸失师诗鸸虱狮施狮湿蓍醯嘘鲺司丝私噝思鸶偲斯蛳缌飔厮锶撕嘶澌 [z]之支氏只卮汁芝吱枝知肢泜织栀胝衼脂稙榰蜘仔吱孜咨姿兹赀资淄缁辎嵫嵫粢孳滋趑觜訾锱龇鎡齍髭鲻

【阳平】（51字）　[c]池弛驰迟坻茌持匙墀踟篪词茈茨兹祠瓷辞慈磁雌鹚糍 [s]十什石时识实拾食蚀炻埘莳提鲥

鼅[z]执直侄值埴职絷植殖跖摭踯蹢

【上声】(45字)　[c]尺齿侈耻豉

褫此泚跐[s]史矢豕使始驶屎死[z]止

只旨址抵芷沚纸祉指枳轵咫趾豸酢徵

子仔姊籽秭籽第梓紫訾滓

【去声】(119字)　[c]彳叱斥赤饬

炽翅敕啻傺瘈次伺刺赐[r]日[s]士氏

示世仕市式似势事侍饰试视拭贳柿是

峙适恃室逝莳轼铈舐弑释谥嗜筮誓奭

噬螫巳四寺似汜兕伺祀姒饲泗驷俟食

涘耜笥肆嗣[z]至志豸忮识庢郅帜帙

制质炙治柿峙庤陟贽挚桎轾致秩鸷掷

栉铚痔室蛭智痣滞骘彘礩置锧雉稚潪

蹢觯自字恣眦渍

十四姑（653字）

u

【阴平】（119字）　[b]不逋晡[c]出初樗粗[d]丑都阇督嘟[f]夫呋肤麸跌跗稃郎孵敷[g]估咕呱沽孤姑轱骨鸪菰菇蛄菁辜酤觚觳箍[h]乎戏呼忽軯烀唿惚滹糊[k]矻刳枯哭堀窟骷[l]撸噜[p]仆扑铺噗潽[s]殳书抒纾枢叔姝殊倏菽梳淑舒疏摅输毹蔬苏酥稣窣[t]凸秃突葵[w]兀乌圬邬污巫呜於钨

诬屋恶[z]朱邾侏诛茱洙珠株诸铢猪
蛛橥潴斖租菹

【阳平】(168字)　　[b]醭[c]刍除厨
锄滁蜍雏橱蹰躇徂殂[d]毒独顿读渎
椟犊牍黩髑[f]夫弗伏凫扶芙芾佛孚
刜拂苻莩怫服怫绂绋绂茯罘氟俘郛洑
袚荸砩蚨浮葍桴符匐涪袱鰒幅辐蜉福
蝠幞黻[h]囫和狐弧胡壶核斛葫鹄猢
湖瑚煳鹕鹘槲蝴糊醐觳[l]卢芦庐垆
炉泸栌轳胪鸬颅舻鲈[m]毪模[n]奴孥
驽[p]仆匍莆菩脯葡蒲璞镆濮[r]如茹
铷儒薷嚅濡孺襦颥蠕[s]秫孰赎塾熟
俗[t]图荼徒途涂菟屠酴[w]无毋芜吾

吴郶捂唔浯梧鹀铻蜈齲[z]术竹竺逐

烛舳瘃蠋躅足卒族镞

【上声】(130字)　[b]卜卟补捕哺

堡[c]处杵础楮储楚褚[d]肚笃堵赌睹

[f]父抚甫拊斧府俯釜辅脯腑滏腐簠

黼[g]古谷汩诂股骨牯贾罟钴蛄蛊鹄

馉鼓毂榖鹘臌瞽[h]虎浒唬琥[k]苦

[l]芦卤虏掳鲁橹镥[m]母牡亩坶拇姆

姥[n]努弩笯胬[p]朴埔圃浦普溥谱氆

镨蹼[r]汝乳辱[s]暑黍属署蜀鼠数薯

曙[t]土吐钍[w]五午伍仵迕庑怃忤妩

武侮捂牾鹉舞[z]主拄渚煮属褚嘱麈

瞩诅阻组俎祖

【去声】（226字）　[b]不布步怖钚埠部埠瓿簿[c]丁处怵绌俶畜搐触憷黜矗卒促猝酢蔟醋簇蹴蹴[d]芏杜肚妒度渡镀蠹[f]父讣付负妇附咐阜服驸赴复洑副蝮赋傅富腹鮒缚赙蝮鲋覆馥[g]估固故顾堌梏崮牿雇锢痼鲴[h]互户沍护沪岵怙戽祜笏瓠扈鄠糊鹕[k]库绔裤酷[l]用陆录辂赂鹿渌逯绿禄碌路僇蓼篆漉辘戮潞璐簏鹭麓露[m]木目仫牟沐苜牧钼募墓幕睦慕暮穆[n]怒[p]铺堡暴瀑曝[r]入洳蓐溽缛褥[s]术戍束述沭树竖恕庶腧数墅漱澍夙诉肃素速涑宿粟谡嗉塑溯愫蔌

傈觫缩簌蹜[t]吐兔堍菟[w]兀勿乌戊务阢坞芴杌物误恶悟晤焐靰痦婺鹜雾寤鹜鋈[z]伫苎助住纻杼贮注驻柱炷祝疰著蛀铸筑翥箸

【附注】关于"变音、轻声、儿化"

"变音、轻声、儿化"是实际会话交流中的语言现象，因为其具有较强的随机性和不确定性，因此暂不被韵书采纳。

"不、一"二字是最常用、用得最多的两个字，在语言的实际使用过程中，这两个字的平仄变音，已成为大多数人的语言习惯。所以，这两个字可以特殊对待，按其实际变音平仄两用，在目前阶段试用。试用一个阶段后，再作定论。其他字的变音暂不入韵。与"一"同义的"壹"字不在此列。

除去这两个字外，普通话中一般不存在平仄两读的字（有的字有两个或两个以上读音，但读音不同，意义不同，属于"音随义定，韵依音归"，不属于平仄两读）。

【附录一】

中华新韵歌诀

第一韵，叫做"麻"，他家抓把撒茶花。
"绿草茵茵七彩花，清香散入牧人家。"

（谭博文《偕友人游灰腾梁》）

第二韵，叫做"波"，车过漠河歌婆娑。
"街心饭店布星罗，入夜霓虹流采波。"

（吴　彦《城市印象》）

第三韵，叫做"皆"，雪夜跌街嗟月斜。
"草迷山径露湿鞋，紫蔺黄花点绿蕨。"

（韩　宇《野游》）

第四韵，叫做"开"，赛台彩带甩开怀。
"水上黄花次第开，泛红映绿丽人腮。"

（谷中维《衡水湖游记》）

第五韵，叫做"微"，雷摧梅蕊谁泪垂。
"云卷云舒任是非，卸辕老马不知悲。"

（李文佑《述志》）

第六韵，叫做"萧"，夭桃飘缈俏娇娆。
"远望如梯步步高，身临谷底进岩槽。"

（溪翁《过三峡五级船闸》）

第七韵，叫做"尤"，鸥柳旧友又周游。
"朔风得意弄风流，地冻天寒兴未休。"

（高凤池《雪景》）

第八韵，叫做"寒"，帆船婉转见寒山。

"西部开发战鼓喧，金城关下建龙园。"

（霍松林《兰州龙园落成喜赋》）

第九韵，叫做"真"，昆仑林隐问纯真。

"十川百淀滤轻尘，绮丽湖天雨后新。"

（乔树宗《游白洋淀放歌》）

第十韵，叫做"阳"，长江霜降望苍茫。

"渔港笛声催远航，舟帆竞渡过石塘。"

（金胜军《温岭石塘》）

十一韵，叫做"庚"，青松经冻更葱茏。

"闻道高原新路成，神龙昂首走西东。"

（韩秀松《贺青藏铁路建成通车》）

十二韵，叫做"齐"，儿女骑驴去弈棋。

"如篦东风梳麦畦，连天绿海起涟漪。"

（徐淙泉《春日》）

十三韵，叫做"支"，稚子知迟日思诗。

"冬旱韩原雨雪迟，京华鸿雁寄春枝。"

（张　申《贺岁诗》）

十四韵，叫做"姑"，孤竹如鹜舞芦湖。

"明灭如烟细若无，青枝鸟语柳眉舒。"

（王玉德《老屯》）

（溪　翁原著　赵京战改编　杨贵全择句）

【附录二】

平声字中原入声字表

（518字）

一麻韵 （78）

　　【阴平】（40）　　[b]八叭捌　[c]擦插锸
[d]搭嗒答褡　[f]发　[g]嘎刮括鸹　[j]夹浃
[l]垃拉邋　[q]掐袷　[s]撒杀刹煞刷　[t]塌遢
踏　[w]挖　[x]呷瞎　[y]压押鸭　[z]匝咂拶扎

　　【阳平】（38）　　[b]拔跋魃　[c]察　[d]
达怛答瘩　[f]乏伐罚阀筏　[g]嘎　[h]猾滑
[j]夹荚戛铗颊蛱　　[x]匣侠狎柙峡狭硖辖黠
[z]杂砸扎札轧闸铡

二波韵（126）

　　【阴平】（40）　　[b]拨钵剥　[c]踔踔撮 [d]咄掇裰　[g]纥疙胳鸽搁割郭聒蝈　[h]喝 豁　[k]磕瞌　[l]捋　[m]摸　[p]泼　[s]说缩 [t]托脱　[w]喔　[z]折蜇拙捉桌倬桵涿焯

　　【阳平】（86）　　[b]伯驳帛泊勃钹舶 脖博渤搏箔膊薄礴　[d]得德夺度铎踱　[e] 额　[f]佛　[g]革阁格鬲葛蛤颌隔骼国帼虢 [h]合纥曷盍核龁盒涸貉阖翻活　[k]壳　[m] 膜　[s]舌折　[t]橐　[z]则责择泽啧帻簀折 哲辄蛰蜇谪摺辙灼苗卓斫浊酌涩诼著啄着 （著）琢缴擢濯镯鸳昨琢

三皆韵（97）

　　【阴平】（26）　　[b]憋鳖　[d]跌　[j]节

结接揭疖撅　　[n]捏　　[p]撇瞥　　[q]切缺阙
[t]帖怗贴 [x]歇蝎楔削薛 [y]噎曰约

　　【阳平】(71)　　[b]别蹩　　[d]迭垤瓞
谍堞耋喋牒叠碟蝶蹀　　[j]孑节劫杰诘拮
洁结桔桀捷婕颉睫截碣竭羯孓决诀抉角玦
珏玦觉绝倔掘桷崛脚厥谲蕨獗橛噱镢爵蹶
夒嚼爝攫钁（镢）　　[x]协胁挟颉撷缬缬穴
学噱

四开韵 (8)

　　【阴平】(5)　　[c]拆　　[p]拍　　[s]塞捵
[z]摘
　　【阳平】(3)　　[b]白　　[z]宅翟

五微韵 (2)

　　【阴平】(1)　　[h]黑
　　【阳平】(1)　　[z]贼

六萧韵 (8)

　　【阴平】(3)　　[b]剥　[c]焯　[x]削
　　【阳平】(5)　　[b]雹　[s]勺芍　[z]凿
着

七尤韵 (3)

　　【阴平】(1)　　[z]粥
　　【阳平】(2)　　[z]妯轴

八寒韵 (0)

（无）

九真韵 (0)

（无）

十阳韵 (0)

（无）

十一庚韵 (0)

（无）

十二齐韵 （102）

【阴平】(51)　　[b]逼　[d]滴镝　[j]击
圾芨唧积屐缉激掬鞠鞫　[p]批劈霹　[q]七沏
柒戚漆曲诎屈　[t]剔踢　[x]夕吸汐昔析夐息
悉淅惜晰翕皙锡蜥熄膝螅歙蟋戌　[y]一揖壹

【阳平】(51)　　[d]狄迪的籴狄荻敌涤
笛觌嫡翟镝　[j]及吉岌汲级极即佶亟笈急疾
棘殛戢集蒺楫辑嵴嫉戟瘠藉踖籍局桔菊锔橘
[n]霓　[x]习席袭媳隰檄

十三支韵 （24）

【阴平】(7)　　[c]吃　[s]失虱湿　[z]只
汁织

【阳平】(17)　　[s]十什石识实拾食蚀
[z]执直侄值职絷植殖蹠

十四姑韵（70）

【阴平】（17）　　[b]不　　[c]出　　[d]督
[h]忽惚　[k]哭矻窟　[p]仆扑　[s]叔倏菽淑
[t]凸秃突　[w]屋

【阳平】（53）　　[d]毒独读渎椟犊牍黩
髑　[f]弗伏佛拂茀服怫绂绋茯洑袱菔匐袱幅
辐福蝠　[h]斛鹄鹘槲觳縠　[p]仆璞濮　[s]秫
孰赎塾熟俗　[z]竹竺逐烛舳躅足卒族镞

【附录三】

平水韵

(10306／9504字)

【说明】

1.本韵表以《佩文诗韵》为基础，参考《佩文韵府》、《诗韵合璧》、《康熙字典》、《汉语大字典》进行校订,共收字9504个。标题后括号内数字（10306／9504），斜线前为《佩文诗韵》所收字数，斜线后为本书所收字数。

2.【补,注】：逗号前为补充字，逗号后为部分形体差异较大的简化字。

3.上声二十八俭，原为琰，因避清嘉庆皇帝（颙琰）名讳而改为俭，今恢复原貌，是为二十八琰。

4.为了方便查阅旧版本书籍，本韵表采用繁体字。对于部分形体差异较大的简化字，在【补，注】中逗号后面列出。

5.本韵表按汉语拼音字母顺序进行了排序，以便于读者检索查找。

韵 部 表

【上平声】

一東	二冬	三江	四支
五微	六魚	七虞	八齊
九佳	十灰	十一真	十二文
十三元	十四寒	十五刪	

【下平声】

一先	二蕭	三肴	四豪
五歌	六麻	七陽	八庚
九青	十蒸	十一尤	十二侵
十三覃	十四鹽	十五咸	

【上 声】

一董	二腫	三講	四紙
五尾	六語	七麌	八薺
九蟹	十賄	十一軫	十二吻

十三阮　　十四旱　　十五潸　　十六铣

十七篠　　十八巧　　十九皓　　二十哿

二十一馬　二十二養　二十三梗　二十四迥

二十五有　二十六寢　二十七感　二十八琰

二十九豏

【去　声】

一送　　　二宋　　　三絳　　　四寘

五未　　　六御　　　七遇　　　八霽

九泰　　　十卦　　　十一隊　　十二震

十三問　　十四願　　十五翰　　十六諫

十七霰　　十八嘯　　十九效　　二十號

二十一箇　二十二禡　二十三漾　二十四敬

二十五徑　二十六宥　二十七沁　二十八勘

二十九豔　三十陷

【入　声】

一屋　　　二沃　　　三覺　　　四質

五物　　　六月　　　七曷　　　八黠

九屑　　　十藥　　　十一陌　　　十二錫

十三職　　　十四緝　　　十五合　　　十六葉

十七洽

上平声 (2224/2038)

【一東】(174 / 159)　充忡沖珫翀罿艟崇
潨蟲爞恩蔥璁聰驄濛叢**東**涷蝀侗峒恫駉詷
汎風渢楓豐酆灃蘴蘴逢馮釭工弓公功攻宮
躬烘玒洪紅虹浤渱䃔鴻訌浲空倥悾隆癃窿
嚨霳矓朧權瓏礲襱籠聾瓏瓏髿冢罞夢霁葻
幪濛曚朦矇䯳蒙懵楞龐芃荃墫蓬篷䓗髼
穹窮藭戎肜狨茙絨融駥瀜崧菘嵩通同桐童
峒衕酮僮銅潼曈朣氃犝瞳橦鮦筒翁螉芎
雄熊中忠盅衷終螽鼨种埄嵏猣蔉椶嵏椶緵
艐踆狨騣鬉鬷總

【补, 注】筌，恩(忽匆)駿(騣鬉鬃)箭

(筒)豐(丰)汎(泛)緵(綜)糉(糭)椶(棕)韸
(䜱)蔥(葱)玒(珚)叢(丛)

【二冬】(120 / 96)　舂捲顇憧衝踵蹱從樅
鏦悰淙琮憒賨**冬**鼕丰封峰桻烽葑犎蜂鋒逢
縫供恭蚣龔共龍龒農儂濃膿穠襛醲鼕銎邛
筇蚣蝩茸容溶蓉榕瑢鎔忪松淞淞鬆彤橦凶
兇匈恟洶胸訩邕庸傭鄘雍墉慵噰壅雝鏞廱
灉饔鱅癰喁顒禺伀鍾踵鐘重宗蹤縱

【补, 注】從(从)蹤(踪)鬆(松)衝(冲)
癰(痛)縱(纵)鼕(冬咚)洶(汹)

【三江】(51 / 41)　邦垹梆憃窗摐瑽鏦淙
淞矼缸釭杠篭玒**江**茳豇降泽扛悾瀧龙厖哤
娏蛖駹逄龐椌腔趵雙觵橦椿幢撞

【补, 注】椿(桩)玒(珚)

【四支】(464 / 431)　陂卑悲碑蘢比庳裨
詖裨偲差蚩甈眵笞嗤媸摛絺螭鸱癡魑鮞彲
䍤池持匙秖蚳赿馳墀薐踟遲篪鈒褫吹炊垂

倕陲菙腄鎚玼疵骫柯祠茈茨瓷詞慈磁雌舜
睿辭鷥榬嵯鍉坻堕而兒陑洏酏柂腪呢鬈鮞
鴯規媯覘鼀魖萑撝麾肌剞姬基鼓畸稘箕觭
錤饑齎羇徛劑觜居窺虧迻郂馗葵戣頯駬
夒嬴纍虆櫐厘离犁劵漓蜊嫠樆璃狸犛犞禠
黎罹醨離絷灘蘺蠡孋劙穲籬驪鸝麗酈眉郿
嵋湄楣采彌糜麈麋麇蘼醾瀰劓尼怩秜跜柅
箆丕伓邳披秠紕旇披粃柸鈹鉟駓錍皮毗疲
郫陴埤崥椑貔羆娸期欺傲榿諆踦魌祁岐
忯其斯奇奇歧衹痕耆蚑崎淇萁軝綦琦琪祺
旗綦蜞跂錡綦騎騏蘄麒鬐鰭齊儴桵犾綏蕤
蛇尸邦屍施師絁葹獅著詩鳲褆鏇襹籭籭釃
妼時塒榯鰣氏袞哀脽誰司私思扅斯絲褫漦
罳廝澌緦颸桿覗荽睢睢雖隋綏隨台菭提洟
推菈危透峗為帷惟溈維濰委萎痿蜲壝倭娓
桅僖熙嘻嬉熹羲燨譆巇曦犧螨鸏鑴蘳禧纚
戲巇涯伊咿洢猗禕漪噫醫黟匜坯夷宜怡迤

姨崻恞瓵宧廖栘棟酏酏痍移蛦眙睡椸胰饴
疑儀遺頤嶷袳彝諀鬐蟻椅轙寅莤之**支**厄芝
枝知肢衼胝脂梔褆楮汦治觶佳追椎錐騅雛
仔孜咨姿茲玆淄嵫椔滋粢鄑觜訾資緇輜鄜
濱錙髭齍籽訾齒屖嗺

【补,注】棊(碁棋)氂(氂厘)瀰(弥)鎚
(锤)譆(嘻)葦(棰)籭(簁)齎(赍)纍(累)辭
(辞)顈(頳)蒻(苔)

【五微】(72 / 72)　　澄妃非飛斐菲扉緋霏
餥腓騑騛肥淝腓誹厞痱歸馡揮暉楎煇微褘
翬徽刏幾幾璣機磯機譏鐖饑犞幾圻祈听
旂碕頎威葳**微**溦蟣薇巍韋圍幃違闈犩希晞
欷睎稀豨鵗衣依譩沂

【补,注】暉(辉)韋(韦)旂(旗)幾(几)

【六魚】(123 / 114)　　車初摴樗除滁蒢鋤蜍
篨鋤蹰儲居狙苴疽砠椐琚腒趄裾雎鶋咀沮
据醵鑢廬臚閭櫚蕳驢慮挐挐且陆袪胠袪蛆

渠蕖磲璩蘧籧咕如茹袽駕洳書紓梳疏舒練
璨蔬攄藷涂屠筡欤胥虛嘘墟歔蝑謂魖驢徐
湑稰崋衙疋唹淤笰予余妤於狳**魚**畬漁雜餘
懊璵轝旟與鋙齬譽諸豬瀦樗櫫蟛菹

【补, 注】與(与)攄(抒)藷(薯)于(於)
耡(鋤)

【七虞】(305 / 280)　逋晡餔瓿裯貙匑趎
廚幮雛躕驪徂裯都闍惡夫夫玞忨柎荂跗稃
鈇敷膚麩憗孚扶扶芙泭苻俘枹郛荸蚨桴符
罦颰鳬拊枸姑孤沽柧眾菰蛄觚軱辜酤筘樟
鴣呱乎呼怐虖幠膴弧狐胡壺湖葫瑚箶糊醐
餬醐瓠鋘拘捄疴媊跔駒句俱瞿刳鄑枯鯺婁
慺蔞漊鏤兲盧壚瀘蘆櫨瓐矑籚纑艫轤鑪顱
鱸麶罃腰娯摹模膜謨母臑猱奴孥笯駑笯懦
齳嘔痡鋪蒲蒲酺區嶇趨軀驅劬胸絇狗駒軥
戲懽臞衢躣鸜儒嚅濡襦繻醹殳投姝殊觚樞
輸酥穌蘇帤徒荼途屠稌塗瘏圖駼駼菟汙枋

巫烏誣毋吳吾郚梧無蕪鼯瑦憮旴盱歈訏須需嬃鬚姁喁迂紆盓渝于邘杅玗於盂臾俞禺竽娛萸釪隃隅雩堬嵎愉揄楰腴逾愚榆歈牏瑜**虞**睮窬褕羭蝓諛澞覦鍝髃鰅鸆萮麌齬吁芋喻瘉咮朱侏邾洙株珠蛛誅跦銖鴸諏騶媰租葙

【補，注】癯孺蝡（蠕），膚（肤）鑪（炉）枹（桴）氍（瞿）塗（涂）麤（粗）汙（污）

【八齊】(133 / 120)　鎞篦卟低羝隄磾鞮氐詆締兒圭邽窐袿閨巂枅笄嵇稽雞躋齎鑇擠刲聧奎暌睽梨犁蔾黎藜黧蠡驪鸝瓈迷麛泥倪猊蜺輗霓鯢齯鬹批錍箆椑膍鼙妻淒栖悽凄萋緀霋蹊畦**齊**懠臍蠐禔嘶撕澌梯銻鷉媞提稊嗁瑅綈緹蹏鵜題鶗騠睼烓兮西奚傒屖粞徯榽谿磎醯鄿鼷蠵觿鑴騱攜鼙鷖黳荑桋鮧折禔

【補，注】齊（齐）隄（堤）淒悽（凄）蹏

（蹄）嗁（啼）磎（溪）卟（乩）鸐（鹈）折（tí）齌
（赍）

【九佳】(55 / 45)　挨哇靫差釵柴豺儕荙
綢騧乖鮭骸淮槐懷懐**佳**皆痎階喈湝街揩楷
埋霾俳排牌廲咓娃媧蛙蝸偕膎鞋諧厓涯齋

【补，注】厓（崖）懷（怀）

【十灰】(111 / 106)　哀唉埃欸皚杯猜才材
財裁纔鎚崔催摧縗灰猌堆碨頤俖陔垓峐荄
咳絯該瑰咍孩徊槐坏**灰**恢烗隈詼回洄茴開
頦欬悝魁傀來郲崍徕莱騋雷礨枚莓梅脢媒
煤祺塺酶鋂能肧䖟醅陪培裴挼毸頤胎駘台
邰苔臺儓鮐擡薹推菨隤爐焞偎隈根煨鰃
桅嵬隗緺災哉栽

【补，注】敳毐培掊搣賅胲個剀盔淶棶
倈鐳玫脲俳坏鰓跆頦雒溾莀，頤（腮）肧（胚）
栖（杯）挼（挼）臺（台）猌（呆）擡（抬）

【十一真】(171 / 160)　彬斌賓儐濱豳瀕蠙

瞋臣辰宸陳晨塵麎春椿櫄純莼淳脣滣醇錞
鶉皴踆郇巾津璡堇均礽鈞筠麏竣箘粼鄰嶙
潾燐璘瞵磷轔驎麟鱗掄倫淪綸蜦輪民岷忞
旻旼罠瑉緍泯笢閩貧頻嬪顰顰蘋親秦溱蓁
困逡輴人仁紉申伸身伕呻姺柛娠牲紳詵駪
神填屯礥辛莘新薪昀巡旬峋恂洵紃荀姁循
詢馴湮因姻茵氤堙歅禋諲駰闉垠狺寅鄞夤
闉銀齦齗齋勻昀縜珍帪**真**振甄蓁榛臻籈畛
侲振僎迡宒諄遵鵻

【补，注】禛，蘋（苹）燐（磷粦）櫄（椿）
脣（唇）親（亲）麏（麕）

【十二文】(97 / 89) 朌賁分忿芬氛衯紛
雾饋汾枌粉棻焚墳幩蕡豮魵獖豶轒葷斤
筋菫廑懃君軍鞇麇濆蘄芹勤癏懃窘裙羣**文**
紋蚊雯聞雞闉昕欣炘焄熏勳獯薰曛臐纁醺
殷蒑慇磤垠狺鄞齦員菎熅蜵云妘沄芸紜耘
鄖雲溳氳澐楎賁縜緼

【补,注】慇(殷)羣(群)薰(熏)

【十三元】(161 / 146)　奔賁純村存惇敦
蜳墩蹲驐庵燉恩番墦幡旛翻藩轓笲煩樊蕃
燔璠膰蘋繁繙蹯礬繁反根跟緄垠痕報洹貆
昏婚惛楄閽渾魂䡺溷犍軒鞬塞坤昆崑琨髡
褌鯤鵾掄峏論橗門捫璊虋袢噴盆溢阮孫飧
蓀蕵吞啍焞暾屯芚豚軘飩臀踠宛罋溫瑥輼
掀騫喧暄軒喧萱暄諼塤芫言齫垠冤智鴛鴛
元邪沅杬垣爰原蚖袁援湲猿園嫄源榞榱㺜
轅黿鼅怨媛沄縕蘊尊崒繜鐏鷷

【补,注】歕螈鐏,旛(幡)鐏(樽)礬
(矾)侖峏(仑)燉(炖)

【十四寒】(123 / 121)　安篜奸般瘢拌弁
磻餐殘攢欑穳丹單鄲殫癉禪簞撣彈端敦繁
干忓玕肝竿官冠倌棺觀涫**寒**韓汗翰獾歡讙
驩岏洹桓萑綄貆瓛奸刊看寬髖闠幱攔瀾蘭
欄簡讕巒欒孿灤鑾鸞槾瞞饅鬘鰻曼漫謾鏝

難潘盤磐蟠鑿胖乾乾姍珊跚狻酸痠嘽攤灘壇檀歡湍貒劙團愽摶溥剸丸刓汍芄完岏絻莞智瀟攢驙鑽

【补,注】頍邗襴,鞌(鞍)壇(坛)乾(干幹)鑽(钻)歡(欢)

【十五刪】(64／58)　豻扳班般斑姅頒孱潺關鰥寰澴還環鍰轘闤鐶鬟患擐姦菅軒蕑艱閒閑(間)瞷斕綸鬘蠻獌販攀慳跧山刪姍潸訕彎灣頑閑閑嫺憪瓆鷳鼹麖顏殷湲圜

【补,注】關(关)姦(奸)環(环)豻(犴豣)

下平声 (2121／1863)

【一先】(235／226)　筅編邊鯿篸扁便鞭緶蝙孱嬋鋌僂廛潺禪澶蟬纏躔煇川穿船遄傳椽篿純單滇瘨蹎顛巔佃鈿懁還枅开戔肩

坚豜湔犍煎笺鹣籛鞬鬋諓鍵濺娟捐涓鋗鹃
鑴韆卷夸焆竣連漣蓮憐聯鰱零攣眠棉綿楊
年偏篇翩胼楩骿平輧千仟阡芊岍汧牽愆
鉛搴遷褰褰騫鞭前虔乾嫣錢騠鯸悛棬駩全佺
泉荃拳牷痊筌綣詮跧蜷蜷銓鬈權顴然埏埏
挻羶扇天田沺畋填磌闐箑仙佡**先**袄秈褼鮮
廯躚鱻弦涎絃舷蚿賢縣宣揎瑄儇嬛騽翾蠉
譞玄旋璇璿咽焉煙鄢嫣蔫延妍沿鄢狿研莚
筵綖蜒燕欭鞭悁淵蜎鳶譞員湲圓緣蜙橼斿
澶邅甋饘驙鱣鷣甄專甎顓朘

【二蕭】(183 / 175)　杓髟幖標熛麃儦瀌
臕瞟飆鑣摽弰怊超朝朝潮鼌刁凋彫貂雕調
熇憍椒焦嬌澆蕉燋膲橋鐎驕鷮鶺僥徼嘦嶠
轎橑聊僚寥嫽漻膋嘹寮撩獠遼燎簝膠鐐鷯

料飂貓緢苗描蟯勡彯漂翻飄瓢瀌簫儦犥橇
鍬茮喬僑憔蕎樵橋譙趫翹筊莪橈饒嬈蛸燒
苕韶劭哨陶佻恌挑桃迢條蛃僬髟鰷跳枵宵
消逍梟瘄硝僬犨綃歊嘵獢銷霄膮**蕭**魈鴞瀟
簫嚣驍馨虉幺夭妖喓葽腰邀垚姚朓佻堯軺
喔愮搖猺遙瑤銚嶤窯緜謠飆蔙鰩要鷂怮褕
佋招昭剑鉊

　　【补, 注】鼌（晁）蕭（萧）窯（窑）

　　【三肴】(107 / 91)　坳碙聱謷勹包苞胞鉋
颷麃爮訬鈔巢鄛潮嘲槱罺轈枹嗃交郊姣茭
蛟膠鮫鵁轇佼筊勦筊教摎唠顤羫嶚茅罞貓
呶恢硇譊鐃抛脬咆庖炮匏鞄跑泡捊掊鄁敲
骹磽鞘弰捎梢菁旓篙蛸髾庨虓嘮髐洨崤淆
哮洠詨烋爻**肴**咬啁鵃抓

　　【补, 注】犨（牤）膠（胶）鉋（刨）

　　【四豪】(110 / 101)　敖赘獒熬璈翱螯聱
鏖鼇鷔褒操曹嘈嵺漕槽醩蝪襡綯刀叨忉舠

劋翱羔高皋槔膏篙餻鼟蒿薅毫嘷**豪**濠蠔號
咎尻撈牢勞簩螃醪澇氂毛旄軞髦芼猱撓臑
袍慅搔溞纅臊颮騷槮艘弢條慆滔稻濤謟韜
饕匋咷洮逃桃陶淘萄袇絢蛐醄檮騊鼗挑橐
囂遭糟

【补,注】鼇(鼈)條(綠縧)皋(皐)韜
(弢)嗷(嗷)蠔(蚝)氂(牦)鼗(鞀)餻(糕)號
(号)

【**五歌**】(115 / 106)　阿波砻嶓瘥搓瑳磋
蹉醝嵯矬醝多嬰囮俄娥莪莪訛睋蛾鵝番伽
戈哥**歌**縞塥過鍋過呵訶禾何和河荷菏迦枷
苛柯牁珂科痾軻窠薖蝌囉螺羅蘿籮鑼贏麽
摩磨魔劘那儺哦坡婆皤頗茄捼抄莎娑傞梭
蓑髮扡佗佗(他)陀沱迤紽堶詑跎酡駝駞鮀
驒鼉倭渦窩蹉硪獻鞾簸

【补,注】砷(砒),羅(罗)覼(覼)嬰(婀
妸)莪(峨)鞾(靴)扡(拖)詑(托)獻(献)贏

（骡）

【六麻】(167 / 130) 巴芭笆粑蚆鈀叉杈艖
鎈耗軺差瘥车砗蒫爹閪哆荂鸳瓜緺騧花华
哗鍸驊鶷划桦加迦枷珈家痂笳葭跏椵嘉猳
麚痕傢嗟苴罝夸婙誇**麻**蟆拏姕葩杷爬琶茄
荂姼沙纱裟鲨奢赊佘蛇髿鉈塗哇娃洼宨娲
蛙窊撾蜗污吾煆颰虾遐瑕碬椵鍜霞騢些邪
斜丫呀椏鸦錏牙岈芽枒涯琊衙齖哑椰耶揶
爺釾畬瀳楂樝厰咤爹遮檛髽菹

【补, 注】粑袈（坒），楂（槎）譁（哗）拏
（拿）窊（洼）汙（污）鍸（鏵）塗（涂）夸（誇）

【七陽】(270 / 258) 昂柳膀傍磅倉滄滄
蒼鶬藏昌倀猖菖閶鯧长常萇腸嘗償鯧場倡
塲鐺牀創當瑞襠簹艖碭方邡坊芳枋蚄鈁防
妨房肪鲂彷冈剛堈綱鋼光洸胱芫杭航頑桁
肓荒峉皇凰隍黄喤徨惶湟遑煌潢璜篁艎蝗
簧餭趪鳇姜僵漿缰薑橿螿礓疆蒋將将康穅

亢吭匡劻恇洭筐狂眶郎狼茛廊粮琅榔碷稂
筤蜋鋃浪良梁涼梁綜跟糧量邙忙汒芒宕茫
鋩覉囊娘汸雱滂霶螃彭羌牂斨蜣螀槍瑲蹌
蹡鏘強嫱薔檣牆搶慶勸瀼禳瓢穰齉攘纕桑
喪商傷殤觴裳霜孀鵭驦湯湯鐋唐堂傏棠塘
搪溏糖瑭磄螗螳餹尪汪亡王忘望相香鄉厢
湘薌箱緗脼襄瓖鑲驤庠祥翔詳行央泱殃秧
鉠鴦羊佯徉洋眻**陽**揚敭暘楊煬瘍錫鴹颺牂
臧贓張章鄣嫜彰憧漳樟璋麞障妝莊裝

　　【补, 注】陽(阳)螗(螳)麞(獐)穬(糠)
餹(糖)敭(揚扬)颺(揚扬)鱇(鳇)牀(床)慶
(庆)

　　【八庚】(190 / 183)　榜伻彷絣繃兵拼并
傖玎撐瞠頳樫蟶成呈郕城振珵桱程裎誠酲
橙瞪丁阬更**庚**耕賡羹鶊鮏亨桁珩橫衡蘅訇
鍧轟吰宏泓浤紘翃紭閎黌喤鍠鑅京秔荆莖
旌菁晶睛精鯨鶄鵑麖驚硁鏗令盲甿萌盟甍

蚰名明洺娸鳴儜獰鬟怦抨泙砰烹弸彭棚搒
輣蟚平坪苹枰評槍鎗卿清傾蜻輕鯖勍情晴
擎檠黥頃請悙蕢瓊榮嶸蠑生牲笙甥聲竀盛
餳趟猩觲騂行婞兄嬛英瑛罃霙嬰韺罌嚶攖
櫻瓔鶯纓鸚迎盈塋楹瑩赢營縈嶸瀛瀯赢籯
綮貞偵楨禎征爭崢鉦箏錚鞥正

【补,注】橕洴,鑅(鍠)秔(粳稉)阬
(坑)瓊(琼)獰(狞)并(並)蚰(虻)嚶(嚶)

【九青】(90 / 87)　丁仃玎釘涇經坰扃絅
駉伶囧泠苓玲瓴翎聆舲輶鈴零鴒鄩齡醽靈
櫺䴙冥娸溟莫暝銘瞑螟寧聤娉傽屏瓶萍軿
青䓍汀町桯綎聽廳廷亭庭莛停渟筳葶蜓椁
霆艇娗馨星惺腥筸鯹刑邢形佝型陘婞硎鈃
鉶醒熒熒螢濙

【补,注】寧(甯宁)靈(灵)聽(听)廳
(厅)

【十蒸】(114 / 100)　冰掤嶒層嶒罾齽稱

偁丞承乘脀塍憕澂懲騬夌登登燈簦鐙馮拯
緪肱恒薨弘弸輘矜兢棱夌凌陵崚淩薐綾輘
鯪薔蒽芿能凝溯朋堋鬅鵬砯凭溯憑扔仍礽
陾僧鬙升昇恒湞繩譝鱦勝朕滕縢塍螣藤騰
興應膺鷹蠅鷹曾曾鄫增憎橧矰磳罾烝**蒸**
徵篜癥

【补,注】澂(澄)淩(菱)憑(凭)徵(征)
癥(症)膺(鹰)應(应)謄(誉)稱(称)

【十一尤】(247 / 132)　彪髟瀌不抽紬搊
瘳篘犨仇惆愁稠裯酬綢儔幬疇籌讎讘調呦
兜篼紑芣枹罘浮桴烰桴罦秳蜉溝鉤緱褠篝
韝龜駒侯喉猴篌鍭餱髹湫啾啾摰鳩摎樛鬮
捄句瘦獟刨彄摳頄馗流留旒遛榴劉瘤蟉蟉
瀏鏐騮鷗飀婁僂慺蔞樓艛螻韝髏搜籔勠腰
矛蚰督繆牟侔眸謀鍪犛牛歐甌謳鷗嘔漚抔
哀邱秋楸薀筱鞦鰌鷲叴囚求泅虯俅酋逑毬

球逑絿裘觩賕璆銶區軥柔揉腬蹂鍒鞣鶔收
售廋搜溲鎪颼叟涑儵偷婾鍮投骰頭休修咻
庥羞脩脙犰榴髤鷦飍蔹抌尤攸呦怮幽悠麀
憂優鄾嚘穮**尤**由油斿疣浟郵蚰訧猶遊猷蕕
蝣輶鮋卣牏楰腧㖒州舟侜周洲輈賙謅鵃妯
陬掫菆椒鄒緅諏鮲騶

【补,注】蚪(虯)毬(球)蒐(搜)餱(糇)
婾(偷)噍(啾)鰍(鰍)鞦(秋)抌(舀)侜(疇)

　參叄岑涔郴琛綝忱
霃諶今金紟襟褑禁林淋琳霖臨黔澿**侵**衾綅
嶔駸芩琴禽擒檎欽壬駸任妊紝森椮深蔘沈
椹心歆鬵鐔尋潯燖鱘音陰暗愔瘖霪吟崟淫
蕈霪簪湛戡碪箴鍼

【补,注】鍼(針)碪(砧)沈(沉)鱘(鱘)
參(葠薓)蔘(參)椹(葚)

　庵菴媕盦諳闇馣鵪
韽啽參傪驂憨蚶妉眈玬眈耽酖儋擔澹餤甔

驔甘坩泔柑淦蚶醈谻憨含邯函唅涵尳蛝頷
堪嵁戡龕婪嵐藍襤籃男枏南諵三毿鬖篸舐
貪傝郯惏覃痰潭談曇橝錟薝壜譚醰探錯鐔
弇滐蟫湛

【补，注】枏（柟楠）憨（慙）菴（庵）壜
（壇坛）擔（担）

【十四盐】(86 / 81)　砭覘幨襜蟾阽尖兼
蒹燖縑殱瀸鰜鶼漸廉奩磏廉簾簾蠊髟鎌薟
枬拈鮎黏瀲謙鈐箝黔瀸籖潛蚺髯痁薪苫添
恬甜湉薝忺枮銛暹憸襳纖嫌撏鸞敥崦淹
醃閹懕炎閻檐嚴盐噞猒沾詀詹噡霑瞻占佔
鍼

【补，注】黏，簾（帘）嚴（严）奩（奁）纖
（纤）籖（签）霑（沾）懕（恹）殱（歼）譫（谵）醃
（腌）鍼（針）鮎（鲶）盐（盐）猒（厌）

【十五咸】(41 / 39)　彡摻攙獮毚僝劖巉
欃讒鑱饞帆颿凡函械瑊監緘喃鵪嵌杉芟衫

緘杴**咸**銜諴鹹喦碞嚴厱巉黬詀

【补, 注】碞, 喦(巉岩) 嚴(严) 饞(馋)

上 声 (1855/1738)

【一董】(36 / 33)　珙埲莑琫愡董懂侗挏洞動硐嗊汞嗊澒空孔籠攏儚幪懵蠓荃桶塕滃蓊嵸鬷傯總

【二腫】(46 / 44)　寵湩㬠奉拱拲栱珙軖鞏舼恐隴壠捧蝅茸溶氄冗軵悚竦㪰駷鮦恟洶詾壅擁甬俑勇涌蛹憑踊豖尰**腫**種踵重

【补, 注】涌(湧) 踊(踴) 洶(汹) 詾(讻) 鞏(巩) 竦(悚) 憑(恿)

【三講】(11 / 9)　玤蚌棒港傋耩**講**蛼項

【四紙】(212 / 207)　被匕比妣彼秕俾鄙婢庳靾髀弛侈恥褫齒揣捶棰玼此佌泚底坻砥哆耳珥爾駬邇否否宄沇佹垝癸軌庪敧暑

詭簋跪燬毀机剞几己掎麂妓技紀悝歸揆傀跬頍櫐絫誄壘藟讄李里俚娌理裏鯉邐履美靡芈弭敉瀰伱旎儗擬薿秠庀圮痞嚭踦跂錡企屺芑杞起綺檠縈𥎊蘂史矢豕使始屎駛士氏仕市阤柹恃是視諟禔諟水死巳汜似兕姒祀俟涘耜瀡髓徙唯委洧痏骩蔿薳鮪壝蔿臬喜屣蓰璽纚匜迤酏巇已以矣苡倚旎螘檥徵止只旨阯址抵沚芷祉咫指枳**紙**趾軹阤豸峙庤畤痔鳲雉仔觜子姊胏秭秄笫梓呰紫滓訾嗺

【补，注】跽，燬（毀）絫（累）縈（縈蘂蕊）瀰（弥）棰（箠）柹（柿）擬（拟）耻（恥）諟（舐）厎（砥）歸（峀）螘（蟻蚁）裏（里）

【五尾】(37/34) 菲蜚蟹朏匪悱斐棐榧誹篚鬼虺卉幾蟣蘬豈**尾**偉葦暐煒瑋韙韡亹唏豨蘬扆偯蟻顗

【补，注】螘（蚁）豈（岂）韡（韠靴）幾（几）

【六語】(93 / 87)　杵楮楚褚漵礎齼處櫥
苴咀沮莒筥舉欅巨岠怚拒苣炬秬詎距趄虡
駏鋸鐻呂侶旅梠袽膂儢稆宁女籹去茹汝抒
紓暑黍鼠癙墅所稰諝許湑糈醑序敘漵緒葰
鱮衒予圉峿圄敔與**語**嶼齬禦籞渚煮佇杼苧
紵羜著貯阻俎

【补, 注】禦(御)紵(纻)苧(苎)佇(伫)
與(与)貯(贮)

【七麌】(145 / 141)　補部簿堵覩賭杜肚
甫府弣拊斧俯釜脯腑滏腐輔撫簠黼父父枸
估酤古股牯罟羖詁鼓瞽鹽瞽蠱雇膴虎琥滸
戶岵怙祜扈滬賈矩蒟踽聚窶苦楛姥僂蔞褸
嶁簍鹵虜滷魯櫓艣縷莽鉧努弩砮怒剖莆圃
浦普溥譜取齲醹乳籔數竪樹稌土吐鄔五午
仵伍旿武侮舞嫵廡憮瓿鵡隖呴栩詡煦煦椻
宇羽雨俣禹翊庾鄅傴寠斞瑀噳貐**麌**愈瘉主
拄麈柱炷俎祖組

【补，注】頫（俯），虜（虏）覩（睹）瘉（瘉愈）艣（艪櫓）隖（塢）

【八薺】（41／38） 陛髀泚邸坻底抵柢牴詆弟娣遞濟紫癠蠡澧禮醴鱧欐禰米眯瀰啟棨綮**薺**媞緹醍體悌涕徯洗

【补，注】茝，遞（递）瀰（弥）濔（弥）

【九蟹】（21／21） 矮罷擺枴駭駴夥解觧楷鍇買蕒嬭灑騃躧澥獬**蟹**廌

【补，注】灑（洒）嬭（奶）躧（屣）夥（伙）罷（罢）

【十賄】（60／55） 欸倍琲蓓采寀彩綵茝錞漼璀皠待怠殆紿改海醢亥悔匯**賄**瘣塏愷鎧頦磈櫑礌磥蕾儡瘣每浼乃鼐腇餒駘骽嵬隗廆猥頠餧詒宰載在崋

【补，注】磥（磊）餧（餒）骽（腿）茝（芷）匯（彙汇）

【十一軫】（57／56） 臏純偆惷踳蠢盾盡

紧窘菌箘稇嶙泯敏閔愍黽困忍哂脤肾
蜃吮楯隼筍簨尹引蚓靷允狁陨殒霣胗畛疹
袗紾诊畛稹缜哳朕紖联赈準

【补,注】疹鬒,筍(笋)愍(憫)

【十二吻】(22 / 21)　龁蚡坟粉坋弅忿愤
鼖堇槿谨近听刎吻抆殷隐惲薀

【补,注】听(yin,与聼异)

【十三阮】(62 / 60)　阪本畚刌庉沌盾遁
反返饭衮绲辊鲧棍很韗混寋楗垦懇焜悃捆
稇壶阃婉捷圈绻阮损畹宛晚婉菀踠琬畹踠
稳幰哴烜鄢偃蝘鰋齴巘堰遠苑鳟噂撙

【补,注】挽,懇(恳)垦(垦)遁(遁)

【十四旱】(48 / 47)　䍐伴罕瘅亶但蜑诞
短断笴秆琯痯管館窾盥旱悍叹缓澣侃衎款
窾嬾卵满灒暖散纖饊算坦袒疃盌脘趱鄲瓉
纂纂纉

【补,注】缎焊,纤(伞伞)嬾(懒)饊

（糤）澣（浣）

【十五潸】(33 / 31)　版鈑蝂僝弗剗產嵼
滻屗睅睆柬揀簡孿赧孉販**潸**莞綰憪限僴眼
琖醆棧虥撰

【补,注】弗（串）

【十六銑】(133 / 126)　扁匾惼碥褊艑辨
辬辯幝蕆煇闡趁歁舛莽喘單僤典韅跰揃筧
戩翦謇蹇繭髻襺件俴諓踐鍵餞卷狷雋絹璉
變孌免沔俛勉眄冕勔悁涴緬電涊撚輦諞寋
錢淺遣繾犬畎奭愩硬鋺輓善墡墡鱔姺吮殄
腆靦蜓剬洗**銑**鮮毯笐蜆跣獮燹蘚韅顯峴峴
晛睍選癬泫琄鉉贙兖衍嶮演戩齻巕鷹宴讌
蜎展輾棧鄻轉塽瑑撰篆譔

【补,注】繯碾,輭（軟）鋺（蠕）撚（捻）
雋（隽）譔（撰）顯（显）跰（跰）

【十七篠】(80 / 72)　標麃表標訬麨掉嬌
皎湫撟矯皦蟜譑僚燎繚蓼了瞭杪眇秒淼渺

緲藐裊鳥嫋褭嬲縹殍篠醥慓悄蹻愀嬈擾遶
繞少袑紹駣佻挑宨朓篠小晶曉**篠**夭杳窅窈
漾鷕佋昭沼兆旐肇趙鮡

【补，注】僥嫽，裊（褭嫋）擾（扰）繞
（绕）

【十八巧】(23 / 23)　拗飽鮑炒姣佼狡筊
絞鉸攪獠卯泖茆昂貓撟**巧**㺜齩珓爪

【十九皓】(76 / 70)　芺媼襖保堡葆裸鴇
寶抱草懆倒島擣禱道稻芥杲菓槁槀縞鎬冔
藃好昊浩**皓**滈暭顥灝考栲老佬潦橑轑澇
荖媚惱腦碯鄗繰繅嫂埽駣套討夭襖蘊早蚤
棗璪澡璪藻皁造燥

【补，注】槀（稿）擣（搗）

【二十哿】(70 / 64)　跛簸揣瑳脞癱爹哆
朵垛埵鬌軃㛚惰墮隋峨駊笴**哿**舸果㦖蛾裹
輠荷火夥禍坷軻顆可堁卵砢萢裸贏麼那娜
儺叵頗隋娑瑣鎖扡沱柁妥婿媠橢我娾硪問

左坐

【补, 注】跺, 拕(拖)夥(伙)

【二十一馬】(49 / 43) 把妊撦哆啁寡輠踝斝賈瘕檟假姐髁錡**馬**跒且惹若灑捨社瓦問下夏廈寫灺瀉疋庌啞雅也冶野鮓痄者赭

【补, 注】撦(扯)灑(洒)捨(舍)寫(写)瀉(泻)

【二十二養】(108 / 101) 盎榜蒡蒼長昶敞廠鷩磢黨欓讜潒蕩盪盪簜仿昉倣紡放廣獷蚢沆慌怳晃幌滉榥䊗彊㢡蔣槳獎慷吭榔朗兩緉蜽莽漭蟒鑲曩灢搶繈襁穰壤攘磢顙賞上爽帑儻曭往枉罔惘網輞魍迋享想嚮蠁鮝響象像橡泱鞅崵蛘仰坱**養**駚瀁癢怏髒駔奘掌丈仗杖

【补, 注】彊(強)倣(仿)嚮(向)髒(脏)廣(广)

【二十三梗】(64 / 60) 丙邴怲秉炳窉蛃

餅併裎悂逞騁打哽耿**梗**綆骾鯁獷䁅井景憬
璟頸警靖境靓靜冏煛礦冷領嶺猛艋蜢皿電
屏頃請省省眚箵杏幸荇郢影潁穎癭永整

【补,注】璥,併(並并)

【二十四迴】(40 / 37)　竲廎等酊妠頂鼎
到脛泂**迴**炯頝褧肯茗娭溟酩濘磬町莛侹婷
挺梃珽脡艇鋌頲洗醒婞淳詗拯

【补,注】褧(綱)竲(並并)

【二十五有】(122 / 113)　瓿蔀丑醜斗枓
陡蚪缶否阜負婦茞狗苟枸斪笱耈垢苢吼后
郈厚後糾赳九久玖韭酒臼咎舅口扣釦蟉牏
瀏柳綹罶墣嶁溇甄篓茆某母牡拇畞忸狃杻
紐菈鈕歐毆偶耦藕培剖掊糗取趣踩楺手守
首受壽綬籔溲醙叟嗾擻藪妞鈕鶲朽滫琇呦
友**有**卣酉羑庮莠櫢牗黝右誘肘帚紂掫鰌走

【补,注】狗(豿)後(后)醜(丑)釦(扣)

【二十六寢】(35 / 30)　蹛錦凜噤稟凜廩

懍渗品**寝**锓荏稔恁衽脸葚饪沈审谂瞫孀瀋
葚唫飲枕朕

【补,注】蕈,衽(衵)

【**二十七感**】(60／51)　闇晻惨憯黪歉眈
祝统黕膽茗窨噉髧憯潧禫赕敢**感**澉橄顉喊
荅菡撼顄颔坎欿轗罨覽攬欖嵌槧鋄鎎糂摻醥
菼毯噆揞笒寁擊黬

【补,注】糂(糝)膽(胆)轗(坎)顉(赣)

【**二十八琰**】(41／38)　贬諂箪點店玷广
俭检渐溓敛潋慊芡嗛歉冉苒染陜閃剡忝
险獫奄掩潳**琰**㑋屟傤魘灔啖颭

【补,注】睒.啖(焰)广(yan與廣異)险
(险)

【**二十九豏**】(30／26)　黯摻巉嵼啽犯范
帆笵範喊减鰔檻艦轞闞罨灆渻幘鋄**豏**貖斬
湛

去 声 (2305/2176)

【一送】(43 / 38)　涷恫洞凍棟湩詷諷鳳賵贛灡矼貢哄㷫闀空控鞚礱哢夢蕫霿弄淞**送**綗痛慟甕中衷仲眾縐儱糉

【补,注】糉(粽)闀(哄)縐(綜)

【二宋】(23 / 23)　惷從封葑縫俸供共恐霧**宋**訟頌誦統雍壅用種重綜瘲縱

【补注】縱(纵)從(从)

【三絳】(19 / 14)　戇憧艟淙漴虹閧降泽**絳**胖巷幢撞

【补,注】閧(哄)

【四寘】(266 / 251)　陂被備精賁柲鼻比坒庇邲畀毖庫詖痹閟鄪髲避臂躄奰贔廁柴屎遲諉敠翅啻趩熾饎出吹腄槌錘骰次伙刺賜萃粹翠頍髻德地懟哆珥餌二刵咡衈貳樲塊虼恚篲篲積掎幾忌芰季洎記寄悸惎臮蒐

暨穊誋冀覬懻驥近欬歸媿匱蕢樻簣鐀餽虆
淚累類莉裏吏利莅痢詈媚寐魅泌祕儗膩帔
轡譬其蚑跂騎企棄器瑞僿瑟曬施施鍦食蒔
識使始示事侍嗜試謚術帥睡司思澌四寺伺
泗柶笥嗣肆飼駟睢瀡祟遂睟隧誶檖燧璲襚
穗穟邃旞繸為偽萎痿蜼諉位餧杫屣憙咥墍
戲嚱屓衈眙詒遺輢异易貤異意義肄勩廙潩
誼劓縊議懿織值埴植至志忮治致智痣**寘**置
輊誌幟摯稺緻懫贄觶鷙躓鷙惴甀硾膇墜縋
䔒字自恣牸眥胔漬辭

【补，注】犕，備（备）祕（秘）淚（泪）誌（志）稺（稚）術（术）裏（里）餧（餵喂）翨（翅）屓（屭）蚝（蠓）虆（累）眥（眦）欬（咳）歸（岿）積（积）織（织）識（识）曬（晒）義（义）

【五未】（57 / 50） 蜚翡誹沸剕痱屝費疿
䪗癈芾鬅摡溉貴卉滸彙諱禨旡既蔇暨愾气

氣緯**未**味畏胃尉渭蔚慰緭罻謂魏欷炁塈燨
氋餼齂衣毅

【补,注】彙(汇)疿(痱)

【六御】(64/61)　除楚處狙椐沮怚倨詎
勮踞據遽鋸醵鐻慮櫖鑢女胠去呿覻如茹洳
疏署曙恕庶悇噓絮萒淤瘀歟與語忬念**御**椌
飫馭預豫澦蕷礜稢譽鸒助著箸翥鷵詛

【补,注】與(与)歟(与)

【七遇】(142/140)　舗哺捕布步怖耗姤
醋厝措錯妒度渡鍍蠹惡跗付附坿祔訃赴蚹
傅賦駙鮒賻酤固故涸雇痼錮顧謼互冱冴柸
瓠嫭護護攫濩獲蒟句具屨瞿懼苦庫綺胯露
賂路輅潞璐簵鷺屢募墓慕暮怒仆拊鋪醋圃
驅娶趣孺輸戍數澍樹泝素傃訴嗉塑吐兔菟
汙忤捂務悟晤婺寤誤霧騖鶩呴姁酗煦斁雨
芋寓裕**遇**嫗諭餫籲昩屬住注炷註鉒舁駐霔
鑄足作阼祚胙

【补，注】註（注）綺（袴褲）諢（呼嚖虖）籲（竽吁）懼（惧）護（护）獲（获）瞿（瞿）屬（属）汙（污）

【八霽】(202／181)　敝閉幣弊箅蔽嬖薜斃澨鷖掣儕脆毳竁达軑逮蹄蹄髦柢弟朳帝娣第鈦棣睇裼遞蒂遰締諦踶桂筮劌鱖彗惠嘒慧憓晵槥蕙篲蠵擠計偈祭際劑穄薊髻嚌濟穧繫繼繄霽揭蹶離例戾渗砎荔唳悷蒞厲纅峻勵癘隸褵蟻礪麗瑿糲蠣儷欐捩袂謎泥坭睨涒睥妻齊憒縶契砌栔喝甈愒切汭芮枘螨銳叡世忕逝貰勢筮誓噬澨遞帨稅說歲題鯢涕掃替薤嚏蛻蕡衛轊系細褉泄壻曳医枻羿袘裔詣嬒檘瘈暳殢翳瘭瞖瘗噮晰淛制猘甏壂滯憇製畷綴醊贅眥

【补，注】係，蝅（蠆）繫（系）製（制）脆（脟脆）蟻（蠆）鼈（戾）遞（递）壻（婿）轊（槥）畷（綴）螨（蚋）箅（篁）眥（眦）齊（齐）

【九泰】(61 / 59)　藹靄艾壒貝狽蔡大汏軑帶釱兌役茷匄蓋襘禬害會會嘬澮薈檜繪翽磕儈鄶廥獪膾旝頼瀨蕢癩籟酹糲眜奈奈沛旆霈朅忲太汰**泰**娧蛻外憒濊最

【补, 注】匄(丐)會(会)蓋(盖)

【十卦】(68 / 67)　隘餲拜唄敗稗粺韛憊瘵蠆喝懖**卦**挂絓詿夬怪喝畫話繣壞祭價解介戒芥屆玠界疥犗誡鉠繲欬蒯快噲獪喝賣簀謴勩賣邁派湃殺鍛曬械廨懈薤瀣齘噫砦債寨瘵眦

【补, 注】衩, 曬(晒)砦(寨)壞(坏)賣(卖)欬(咳)價(价)

【十一隊】(112 / 107)　愛薆曖礙靉北背背悖鄁焙琲誖輩字裁采菜棌倅淬焠代岱份埭逮貸瑇睫戴黛襶靆**隊**碓對憝薱鐓敦荵肬吠肺廢癈溉槩刼回悔晦喙誨薉穢纈闠隤纇慨鎧欬嘅嘆塊憒潰俫睞賚磑耒酹攟纇琁脢

妹昧眛痗耐鼐內儗佩配塞賽簺柿碎誶態退
磑濊乂刈栽載再在繢晬

【补，注】啐袋閡嬇饖僾（懝）綷（縩），
隊（队）礙（碍）槩（概）欬（咳）誖（悖）瑁（玳）
癈（废）攟（擂）郥（邶）

【十二震】(93 / 88)　儐擯殯鬢疢趁齓僆
櫬襯瑾僅瑾饉晉進搢堨瑨殣縉藎燼覲峻晙
浚畯儁餕濬駿粦遴瞬麐驎吝恡藺躪躙轏親
藐刃仞仭訒軔靭認閏潤娠脣舜蕣瞚鬒
塡瑱信釁揗汛迅徇殉訊引靷濱印胤酳愁袗
診侲陣振賑**震**鎭諄

【补，注】稕纫賵（赗），釁（衅）濬（浚）
襯（衬）儁（俊）轔（辚）

【十三问】(34 / 32)　抎分坋忿僨奮糞斤
近靳郡聞扻紊汶**问**綣璺焌訓隱員鄆運慍暈
縕醞餫韗蘊韻

【补，注】濆据

【十四願】(40 / 40)　垄寸敦鈍頓遜販飯
艮恨溷恩建健困論曼蔓悶嫩噴圈綣券勸澱
褪畹萬憲獻楦巽遜鄆堰遠怨愿**願**

【补，注】畈諢硍焌搵, 遜(遁)萬(万)
憲(宪)獻(献)

【十五翰】(100 / 99)　岸按案豻半絆粲燦
璨攢竄爨旦彈憚嘆段瓣鍛斷斷旰盰矸骭幹
榦冠觀館貫悹裸盥雚灌爟瓘鑵扞汗埕悍汕
焊閈漢暵**翰**驛瀚奐讙唤換渙煥澣侃看衎瀾
讕爛亂墁幔漫縵謾難泮判泮叛畔胖瘢癱儚
散蒜算攤灘炭歎彖褖玩惋腕碗晏唌贊鄭讚
鑽

【补，注】姅疸緞鸛, 幹(干)榦(干)爛
(烂)竄(窜)鑵(罐)鑽(钻)玩(貦翫)

【十六諫】(48 / 43)　扮辦瓣鑻串篡骭屵
慣轞幻宦患豢橌擐間襇澗**諫**覸嫚慢縵謾盼
襻汕疝訕綰薍莧粯晏鴈鷃曆柵棧綻轏戲

【补，注】繯鐧，鴈（雁）

【十七霰】(133／130) 卞弁忭汴拚便昪徧變禪纏顫穿豢傳傳釧竄佃甸淀奠殿殿鈿電澱煎趼揀鬋見見洊栫荐榗箭諓賤薦餞濺眷倦狷眷鄄睊罥絹健楝練鍊戀孌眄偭面麪瞑片汧牽遣繾譴俔茜倩蒨綪莤線煽扇善鄯擅膳繕填瑱剸先蜆韅涀晛羨線縣**霰**旋選炫眩袨眴衒絢贙猑研莚衍甗彥唁宴堰硯燕諺嚥嬿醼援緣院媛掾瑗輾戰轉譔饌囀

【补，注】抃玔靛湅篟嬗諞現旋嚥褑，薦（荐）唸（念）線（线）鍊（炼）醼（宴）麪（麵面）徧（遍）縣（县）選（选）嚥（咽）譔（撰）縣（县）傳（传）

【十八嘯】(80／76) 驃裱俵摽吊掉釣調藋僬敫徼叫訆踃噍嶠噭獥趭轎醮釂燆嘹燎璙療鷯料篍妙廟蔦尿剽漂僄勡慓陗誚鞘竅嬈繞燒少劭邵哨朓窱嬥眺覞趒糶肖笑**嘯**要

搖銚頺要夅曜燿艄耀鷂約召詔照

【补，注】票俏悄燰，糶（祟）陗（峭）覗（眺）詔（叫）繞（绕）

【**十九效**】(39 / 38)　拗豹儤爆鈔踔趠磽嗃膠珓竀教窖較酵覺樂貌淖鬧奅磟敲撓稍孝恔伨**效**校校敩衸靮筊罩翟

【补，注】鐰（鉋刨），磟（炮）伨（效）奅（疱）翟（棹）樂（乐）膠（胶）

【**二十號**】(60 / 58)　傲騖奥墺澳懊鼇菢報暴旐操糙漕倒導蹈禱到悼盗燾翿纛膏縞告郜誥好耗**號**犒靠勞嫪澇旄芼冒眊氂媢帽瑁瀑埽麨隩懊鐅造悁懆譟趠躁竈

【补，注】耗套，竈（灶）

【**二十一箇**】(42 / 40)　播簸譒磋剉挫莝銼大癉惰餓个**箇**過和賀貨坷軻堁課邏磨那奈稞破憜馱媠唾涴臥些左佐作坐座

【补，注】剁侳，箇（個个）剉（銼）憜

（懦）稬（糯）

【二十二禡】(58 / 57)　嗄靶玭罷霸灞欛
妊詫化罅樺架假嫁價稼駕借藉埧胯跨蜡禡
罵杷弝怕舍射䠶赦麝貰暇下夏罅卸榭謝瀉
迓亞砑姹訝稏夜乍咤詐醡柘蔗炙

【补, 注】汉佗厙吒鷓, 罷（罢）價（价）
蜡（蜡）瀉（泻）

【二十三漾】(100 / 100)　盎醠傍徬謗藏
長償鬯唱悵暢鞅枊創愴當擋宕碭蕩盪防妨
舫訪放廣頏桁潢匠將醬亢伉抗炕閌吭誑況
貺壙曠纊悢閬浪兩緉亮量諒掠釀搒讓喪上
尚湯踢償王妄忘迋旺望相餉饟向向玽暴行
煬颺仰養漾快恙羕漾樣葬臟張漲仗帳脹障
嶂瘴壯狀

【补, 注】喨埌, 暴（向）況（况）臟（脏）
颺（扬）徬（彷）盪（荡）饟（餉）

【二十四敬】(55 / 55)　榜迸邴柄柄并併

病更横勁弇儆淨竟**敬**獍靚鏡競令盟孟命娉聘評倩輕檠請凊慶晟盛聖行姓性詗敻迎映硬泳詠禜醟偵遉正证政鄭諍

【补，注】絎幀摒，并（並併）净（淨）慶（庆）

【二十五徑】（49／49） 稱乘橙蹬凳鄧隥墱嶝磴鐙釘矴定飣錠頲亙經**徑**脛懵暝凝佞甯濘堋憑艴磬罄剩勝賸聽廷庭興醒應瑩媵瀅孕甑贈烝證

【补，注】蹭訂，聽（听）應（应）稱（称）濘（濘泞）甯（寧宁）亙（亘）

【二十六宥】（164／156） 檮懤臭湊楱腠輳蔟豆逗脰酘餖竇鬭讀伏輻副富復鍑覆姤冓媾彀詬遘雊構覯購睺鍭吼后厚後逅候堠鬻窌究灸疚柩救就廄僦舊鷲句扣寇蔻簆鷇廖溜留瘤餾塯廇霤飂鷚僂陋漏瘻鏤茂袤貿懋楙瞀鄮懋霿繆謬姆狃譳漚仆糅蹂輮鞣擩

收守首狩售授壽瘦綬獸漱嗽瘢宿透蜼戊瞍
秀岫袖琇褎繡麎畜緱油柚猶輶檽櫙又右幼
佑侑狖圃**宥**祐醻鼬簉仙呪宙胄呇晝酎甃僦
皺縐簍驟走奏

【补,注】耨叩(敏)鏽(锈),構(构)繡
(绣)鬭(鬥斗)晝(昼)舊(旧)複(复)復(复)
麎(嗅)呪(咒)瘢(嗽)瘦(瘺)讀(读)

【二十七沁】(34 / 31)　讖闖紾浸褑禁僭
噤臨賃**沁**鴆任妊衽紝深綝沈伣甚滲窨暗蔭
吟飮譖枕揕鴆

【补,注】妗,紝(纴)蔭(荫)

【二十八勘】(29 / 28)　暗參擔啗淡憺澹
甔淦紺灘憨蕁玲憾**勘**瞰磡闞憳纜濫燄三賧
擔暫鏨

【补,注】儳探,撢(撣)蹔(暫),啗(啖)
擔(担)

【二十九豔】(71 / 48)　俺砭宊幨轞坫店

唸唵墊兼僭劍趁爁斂稴殮潋念埝潛欠傔槧
壏痁黏苦瞻忝礑獫孍脅厭鹽龕噞掞厭熖魘
驗釅豔灎沾占

【补，注】焱，壏（塹）唸（念）脅（胁肋）
豔（艳）厭（厌）驗（验）鹽（盐）

【三十陷】(19 / 17)　韽儳讒鑱憾帆汎梵
監劍鑒闞欠陷淹站蘸

【补，注】撕譀賺，鑒（鑑鉴）汎（泛）憾
（忏）

入　声 (1801/1689)

【一屋】(182 / 171)　澳暴偪福醭卜僽矗蔟
嗽踧瘯簇蹙蹴顣獨瀆櫝殰牘犢讀韇髑黷讟
伏服洑茯枎匐菔虙幅蓿福箙複複洑蝠輻鵩
副復腹蝮輹覆馥轂谷穀穀熇斛槲縠觳匊掬
踘鞠鞫菊毱鵴哭蓼六陸鹿琭祿僇勠盝睩碌

稑摝漉戮簏蠦轆麓繆木目沐牧苜罞桬睦霂
穆悥肭衄扑僕濮纀樸瀑槭麴肉摵叔倏淑菽
儵孰塾熟夗涑速宿楝肅萩悚楸餗諑踏鰌縮
禿鵏**屋**劇鶩畜慉蓄蒲柚茜囿育郁彧昱淯煜
毓薁燠鬻粥軸磟竹竺逐舳蓫枳祝筑築啄族
鏃

【补,注】讀(读)複(复)復(复)僕(仆)
麴(麯曲)樸(朴)鞠(毱)偪(逼)勠(戮)顣
(蹙)儵(倏)鬻(俏)築(筑)

【二沃】(63／61) 襮歠觸促纛督毒毮篤
幞告鵠梏牿熇捁局韢跼酷礐淥逯醁錄騄籙
綠僕曲辱鄏溽蓐褥縟贖蜀束俗粟**沃**鋈頊旭
勖續玉浴欲獄慾鵒瘯燭蠋躅斸屬瞩足

【补,注】屬(属)觸(触)續(续)幞(襆)
僕(仆)慾(欲)勖(勗)燭(烛)斸(劚)

【三覺】(92／86) 剝雹趵骲爆颮垉駁駮
毃犦踔妭趠齟鸞鮁豹曓觳角較玨捔桷**覺**樂

犖兒眊瞀邈搦暜撲璞樸樸殼堁硞搉㲉榷確
數朔欶稍箚喔偓幄握渥幄學嵒鷽药汋嶽鷟
榷嚄卓倬捉涿稫稝涊斮晫梀琢斲諑錝濁擢
濯鷟灂鐲鷟

【补，注】槕橖(桌)，稍(鉏鋤)殼(壳)
嶽(岳)樂(乐)斮(斫斲)兒(貌)撲(扑)樸
(朴)確(确)㲉(壳)濁(浊)榷(棹)殼(壳)嚄
(啄)

　　【四質】(132 / 124)　筆必佖苾珌畢弻潷
鉍飶燁罼駜篳觱蹕饆韠叱抶出怵黜聖汩唧
吉佶姞疾嫉蒺拮蛣詰橘滴栗溧慄篥鵋麋律
率繂泲泌密蔤蜜謐尼昵匹七泰漆日馹瑟璱
失蝨實室秫朮戌术帥蟀胂悉膝咥卹恤獝
一壹乙釳佚軼佾佚袺逸軼溢鎰聿遹馹繘霱
驕鷸姪厔帙郅挃柣昳桎秩稙窒紩蛭銍**質**櫛
櫛騭碩鑕茁卒崒崒

　　【补，注】姪(侄)術(术)實(实)畢(毕)

屋(庢)駅(鳩)蝨(虱)

【五物】(48 / 45)　不吃泼佛坲弗刜咈弟
怫拂茀袯絨魃綍戟髯黻倔崛掘厥汹乞汔迄
訖屈詘菀尉蔚勿岉芴**物**胇釳欻仡屹鬱甐熨

【补,注】鬱(郁)欻(炊)崛(崛)

【六月】(110 / 103)　悖詩餑孛勃浡渤酵
猝咄柮闃發髮伐垡筏箃罰閥朏魃紋鶻扢骨
淈愲榾鱖核汔齕忽惚滼抇搰笏滑訐楬碣竭
羯撅掘厥劂蕨粟蠆蹶鷹矻堀崛窟匭硉沒汩
歿訥钂闕窣凸突搂腞唱轕兀岉扤机矹歇蠍
猲狨喝堨謁曰**月**刖捐蚏軏越粵鉞樾泏梲卒
卒崒稡捽桲

【补,注】髮(发)發(发)轕(轕襪袜)稡
(萃)崛(崛)詩(悖)

【七曷】(89 / 84)　餲犮妭拔茇跋軷魃缽
撥鱍鈸酦襏撽撮呾妲怛奎笪達達汏咄剌掇
奪鷍遏頞闥割葛輵鴰聑喝**曷**曷鶡鶡褐豁佸

活活眣渴括栝筈䒷闊剌辢䊚捋抹末沫秣枺
崒潑撥薩适獺撻闥苉脫袜濊斡猰蘗泼鱍暍
猲越嚄

【补,注】牽,達(达)辢(辣)嚄(嗽)

【八點】(64 / 52)　八拔菝汃察刹鷞嘠鶻
刮鴰滑猾蛞圠扴戛秸劫楬頡砐袜妠肭豽疤
帕髻殺菝椴鐁刷獺唽瞎羍碣點圠掹猰鱍擖
刖咭札軋蜇錣茁

【补,注】札(剳)髻(髻)

【九屑】(161 / 157)　閉鷩鷩別別莂氅掣
徹撤澈啜惙輟歠跌迭垤眰撲経耋眣剟掇齕
叕偈揭癤孑孓拮枻訐傑結蛣楬窫節截碣竭
潔頡巀抉決沊玦觖訣趹絕蕝鳩譎鐍列劣冽
洌苅埒烈捩蛚裂颲鉹滅蔑篾篾蠛巁吶蜺捏
苶涅臬陧嵲巀篳觬闑孽孼孽剪蠻批澈擎瞥
契橇切挈鍥竊缺闋熱爇舌哆設齨說鐵饕凸
哇楔絜擷襭纈泄屑媟渫緤褻蘗瞤薛穴雪血

呹烕咽讞噎軼悅閱折折哲晢轍浙姪蛭啜綴
餟準拙茁棁

【补，注】姪（侄）節（节）潔（洁）滅（烕灭）傑（杰）徹（彻）齧（啮）竊（窃）擊（撇）糵（蘖）晢（晰）準（准）巁（蔑）覈（核）準（准）

【**十藥**】（197 / 184） 杓泊亳博搏箔膊薄簙鎛髆欂襮礴鑮焯踖逴綽酢厝錯度剫澤踱鐸惡咢堊鄂堮崿愕蕚遌噩諤鍔鰐鶚縛格閣各硌郭彍郝藿涸貉嗃熇壑鶴擢濩獲霍臛藿蠖雘矐鑊靃踖燋敫腳繳嚼醵屩噱爵臄嚼矍爝戄攫玃貜躩钁恪廓霩鞹烙酪樂躒獵掠略洛珞絡落駱鮥濼摸膜莫寞漠瘼瞙鏌幕嫋虐瘧諾粕魄鄗蹻卻雀皵碏鵲若弱鄀婼蒻箬勺芍妁爍鑠索沰託飥飳橐拓柝擇籜昔削謞謔葯藥鑰鬻約汋礿嬳龠爚躍籥籰鸙鑿鑿迮笮澤著著彴灼斫酌斮禚昨作岝怍柞

【补，注】藥（药）樂（乐）躍（跃）託（托）

鑿(凿)卻(却)獲(获)鬻(俏)臁(臁)斮(斫)斫(斫)籑(篆)拓(tuo)鰐(鳄)獵(猎)澤(泽)

【十一陌】(168 / 162)　嗌霸白百百柏辟辟碧璧襞躄伯帛舶擘檗冊策尺斥赤厝額彣阨軛搤胳革格鬲隔骼膈蟈幗摑虢馘核翮翮赫畫嬬劃滆獲屐積塥耤瘠踖踖籍脊戟撠跡鯽借藉劇客刺臘脈麥霢覛陌莫貉貘驀逆拍闢霹擗癖僻迫珀魄磧射石祏貐適奭螫襫釋碩愬蜴夕汐昔歽惜席蓆郤舄隙綌潟碣嚇呇啞掖液腋亦役易奕帝弈疫益埸嶧懌斁繹譯醳驛鹢唶責嘖幘擇澤簣襗賾齰咋柵摘宅翟窄磔謫隻摭躑躑炙擲摘柞

【补,注】積(积)脈(脉)闢(辟)獲(获)適(适)劇(剧)軛(轭)隻(只)蓆(席)躑(跖)阨(厄阨彣)嚇(吓)郤(卻却郄)繹(绎)翮(核)覛(觅)麥(麦)譯(译)驛(驿)澤(泽)

【十二錫】(91 / 87)　壁喫踧的滴鏑狄迪

荻笛靮滌嫡頔敵糴覿商茍駒弔鬲勛觳激擊
績寂獥昊鷿歷曆櫟瀝藶櫪皪礫癧酈轢靂汩
覓塓幂霓愵溺霹澼甓戚慼鍼惕適剔踢個逖
裼籊趯析淅菥皙緆蜥錫覡欶檄闃耆殈焱艗
鷁鶂蘱摘翟楴蹢

【补，注】觅（覓）曆（历）歷（历）擊（击）
敵（敌）糴（籴）喫（吃）瘯（病）適（适商）鷿
（鹏）弔（吊）焱（焱）覿（觌）

【十三職】(140 / 129)　北逼偪愎湢楅腷
燂踣畟側惻測菑城敕飭鷘聖得德匐葍幅副
祴國劾黑或惑唧即亟棘極殛襋稷鯽克刻剋
仂防扐功淢勒肋力为冒墨默纆匿愿塞色嗇
濇穡轖食寔湜蝕識式拭栻軾飾忒特牠慝螣
息熄絥盡皿洫嶷弋芅抑杙翊翼釴碓億黓憶
薏檍翼臆繶瀷醷域淢棫痏罭緎蚅閾魊則仄
昃崱稄賊蟙鰂織直埴植殖樴職陟

【补，注】織（织）億（亿）憶（忆）識（识）

剋(克)濇(澀涩)

【十四缉】(59 / 56)　給缉及伋岌汲急笈级戢集渒蕺濈辑霫立岦苙笠粒砻廿泣葺入鈒涩溼十什拾吸翕歙习榼隰霫襲潗揖揖邑唈悒挹浥裛熠蛰褶汁执蛰鼜

【补，注】卅，习(习)执(执)溼(濕湿)

【十五合】(51 / 48)　搭嗒沓苔答姶盍閤鸽蛤鞈钦**合**合盉闔榼磕嗑溘拉臈蠟渿衲納軜鞈卅鈒靸飒跋蹹塔渚搨遝榻諮踏噎鞳闟鞳唱匝雜

【补，注】閤(合)遝(遢)搨(拓[ta])雜(杂)臈(腊)蠟(蜡)盍(蓋盖)蹹(踏)

【十六叶】(95 / 86)　喋堞慄牒褋褋蝶諜蹀疊獦笈楫浹梜莢蛺鋏頰接莢椄衱倢婕捷睫踕擸獵蹑鬣捻茶捻揼蝨籋讘躡妾渉悏悏箑鮻蓲箑霎涉惕鞡懾攝瀒檝怗貼跕帖歉謵俠協挾勰屧燮躞魘厭**葉**葉楪曄燁鍱燁鎝魘

褻雪摺輒囓褶

【补,注】葉(叶)獵(猎)疊(叠)協(协)摺(折)鑷(镊)捻(nie) 爆(烨)燁(烨)

【十七洽】(59 / 54)　筴扱插鍤劄婕喋乏法韐欱夾袷郟跲鵊甲胛鉀劫蛺掐帢恰洽怯莢喢歃箑翜霎呷匣狎柙峽狹袷硤脅嚛憎渫押鴨壓圉業擖鄴棐霅眨

【补,注】業(业)壓(压)脅(胁胁)劄(札)

【附录四】

宽　韵

（通用韵）

【说明】

一、《宽韵（通用韵）》是如何提出的？

广大诗词爱好者中，有很大一部分作者在诗词创作中使用旧声韵时，突破了《平水韵》的限制，基本上按照比《词林正韵》还稍宽的韵部作诗和填词。从《中华诗词》杂志收到的诗稿可以看出，这在全国诗坛已经成为较普遍的现象。《中华诗词》杂志在审诗、选诗、诗词大赛评奖等项活动中，在用韵问题上也是基本按照比《词林正韵》还稍宽的韵部来掌握的。自《平水韵》问世以来，古人除了科举考试中严格遵守《平水韵》，不敢越雷池一步外，真正的诗词创作中也大量存在着"以词韵入诗"等摆脱束缚、拓宽韵部的现象。

既然事实如此，我们就应该承认它存在的合理性。循其实而责其名，实既至而名宜归，这是自然合理的。也就是说，我们应该顺应潮流，堂堂正正、理直气壮地对旧韵韵部作出适当的合理的调整，正式向诗坛宣布它的合法身份，使它名正言顺地为韵书所承认、作者所采用、读者所接受。

二、《宽韵（通用韵）》提出的道理是什么？

第一个道理就是，承认事实、顺应潮流。前面已经谈到了古人、今人在诗词创作中对旧韵的突破和拓宽，我们只是把古人、今人的创作实践归纳总结，正式给以肯定，给以合法的身份和地位。

第二个道理就是，旧韵在划分韵部时，由于历史的原因，存在着某些不合理性。这也是古人、今人对它进行突破和拓宽的根本原因。对于旧韵的这些不合理性，我们现在有可能也有必要作出适当的调整。

旧韵特别是平水韵，在韵部划分上的不合理性，表现在以下几个方面：

1. 强硬划分。由于历史的原因，旧韵韵部存在着"强硬划分"现象。如"一东"和"二冬"，硬划为两个韵部，虽然注明可以通押，但这样划分，连古人也认为没有充足的道理，故《词林正韵》便把两部合并。再如"十三元"，清人都说其"该死"，可见其不合理性。

2. 划分混淆。由于古代没有注音系统，用"反切"、"读如"注音，很难找到统一的划韵标准，因此，旧韵韵部存在着"划分混淆"的现象。如"九佳"、"十灰"、"十三元"、"十贿"、"十三阮"、"九泰"、"十卦"、"十一队""十四愿"等，到了《词林正韵》，便被一分为二，分别划到了不同的韵部。这是不是因为语音变迁所致呢？不是，至少不完全是。因为《词林正韵》虽然成书于清季，但它所反映的并不是清时的语音，而是以宋词为主体的音韵状况，与《平水韵》基本是同一年代。因此，它所反映的应该是宋词用韵对平水韵的突破和修正。这从侧面反映出了《平水韵》韵部划分的某种不合理性。

3. 诗词分韵。诗词不同韵，无论从理论的角度还是从实践的角度来看，都是不很合理、不太必要的。千百年来，看不出它在诗词发展史上起过什么积极的作用。《词林正韵》的韵部，以《平水韵》为基准，进行了一些合并、拆分，拓宽了韵部，纠正了《平水韵》的某些不合理性，这是积极的，虽然并不彻底；但是只是解决了词韵，并没有触动诗韵，没有把诗韵和词韵统一起来。这是历史，是无法改变的，在当时也可能是有原因的。古人、今人在创作时大量"以词韵入诗"，只是在行动上进行突破的尝试，并没有在理论上明确提出来。现在我们正式统一诗韵词韵，应该是有必要和有可能的。

三、《宽韵（通用韵）》对《平水韵》、《词林正韵》有哪些拓宽？

对于旧韵作出适当的调整，主要是以《词林正韵》为基础，适当合并韵部，暂名为《宽韵（通用韵）》。具体调整如下：

1. 第一部"东冬"与第十一部"庚青"合并为"东庚"部，可以通押。但仍保留原词韵的"东冬"与"庚青"两个子部；

2. 第六部"真文"与第十三部"侵独用"合并；

3. 第七部"寒删"与第十四部"覃盐"合并；

4. 第十五、十六、十七、十八、十九部，即所有的入声部合并，全部通押。但仍保留原词韵的"屋沃"、"觉药"、"质陌"、"物月"、"合恰"五个子部。

关于入声部合并，上海古籍出版社的《诗韵新编》早就认为，入声可以通押。在其正文前的"出版说明"中说："1. 分类通押……。2. 全部通押：唐代大诗人杜甫《自京赴奉先县咏怀五百字》和《北征》两首古诗的入声韵脚，都跨遍了我们今天的八个入声韵部，为我们今天入声全部通押开了先河。"在"凡例"中又注明"ɑ：分类通押……。B：凡属入声字，本书中的八个入声韵部一律通押。"

5.《宽韵（通用韵）》诗词通用。这样，就完全打破了"诗遵平水，词守词林"的不必要的界限，对于繁荣诗词创作应是有益的。

四、宽韵（通用韵）的现实意义

比较"《宽韵》与《平水韵》、《词林正韵》韵部对应表"可以看出：《宽韵》只是沿着《词林正韵》的路子，继续对《平水韵》韵部划分的不合理性进行调整，彻底解决了这个历史遗留下来的问题。鉴于部分作者的使用习惯，在目前的过渡阶段，第一韵部（东庚）保留了两个子韵部，第十二韵部（入声通押）保留了五个子韵部。作者既可以使用较宽的韵部，也可以使用较严的子韵部。

诗词通用的《宽韵（通用韵）》，还算不算旧韵呢？当然算。《宽韵》（通用韵）只是对《平水韵》、《词林正韵》的韵部做了少量的合并，并没有完全打破原来的韵部。它仍然是基于《平水韵》、《词林正韵》所反映的时代的读音来划分的，仍然属于旧韵的声韵体系。因此，它是地地道道、名副其实的旧声韵。

在使用新韵和旧韵的问题上，我们的方针是"双轨并行。"在使用旧韵中的《宽韵》和《平水韵》、《词林正韵》的问题上，也应该是"双轨并行"的。即是说，既可以使用《宽韵》写诗填词，又可以"诗遵平水、词守词林。"《中华诗词》杂志明确宣布，在审诗、选诗、诗词大赛评奖等项活动中，在用韵问题上按照《宽韵》和《平水韵》、《词林正韵》"双轨并行"的原则来掌握。

本书只列出《宽韵（通用韵）》的韵部，并与《平水韵》、《词林正韵》的韵部对照列出，不再列出字表。读者查询具体字时，可在《平水韵》、《词林正韵》的字表中参考查阅。

宽韵与平水韵、词林正韵
韵部对应表
（以该部的平声为例）

宽 韵 （通用韵）		平水韵 （诗韵）	词林正韵 （词韵）
东庚	东冬	一东 二冬	第1部　东冬
	庚青	八庚 九青 十蒸	第11部　庚青
江阳		三江 七阳	第2部　江阳
支微		四支 五微 八齐 十灰(半)	第3部　支微

鱼虞	六鱼、 七虞	第4部　鱼虞
佳灰	九佳(半) 十灰(半)	第5部　佳灰
真文	十一真 十二文 十三元(半) 十二侵	第6部　真文 第13部　侵独用
寒删	十三元(半) 十四寒 十五删 一先 十三覃 十四盐 十五咸	第7部　寒删 第14部　覃盐
萧肴	二萧 三肴 四豪	第8部　萧肴
歌波	五歌	第9部　歌独用
佳麻	九佳(半) 六麻	第10部　佳麻
尤求	十一尤	第12部　尤求

入声通押	屋沃	一屋 二沃	第15部　屋沃
	觉药	三觉 十药	第16部　觉药
	质陌	四质 十一陌 十二锡 十三职 十四缉	第17部　质陌
	物月	五物 六月 七曷 八黠 九屑 十六叶	第18部　物月
	合洽	十五合 十七恰	第19部　合恰

注：具体字表不再列入，读者可自行与《平水韵》《词林正韵》对照使用。

【附录五】

词林正韵

（5863字）

【说 明】

1. 本韵表以龙榆生《唐宋词格律》(上海古籍出版社1978年版) 附录 "《词韵简编》张珍怀辑" 为蓝本，收录时经过校对和修订。

2. 本韵表依据清·戈载著《词林正韵》一书删去僻字，共收入5863字，分为十九部，其中平声字2371个，上声字1132个，去声字1337个，入声字1023个。

3. 《词林正韵》原书韵目用《集韵》标目，分目繁多，标目有僻字，因此，本韵表改用通行的《平水韵》标目，以便于检韵，且与平水韵接轨。

4. 繁体字一般改成简体字，个别繁体字酌情保留；繁体里不同的字在简体里并为一字者，对原繁体字酌情保留。

5. 本韵表按照汉语拼音字母顺序进行了排序，以利于读者检索查找。

6. 第十四部上声二十八俭, 原为琰, 因避清嘉皇帝（颙琰）名讳而改为俭, 今恢复原貌, 是为二十八琰。

韵 部 表

第一部	东冬	第二部	江阳
第三部	支微	第四部	鱼虞
第五部	佳灰	第六部	真文
第七部	寒删	第八部	萧肴
第九部	歌波	第十部	佳麻
第十一部	庚青	第十二部	尤求
第十三部	侵寻	第十四部	覃盐
第十五部	屋沃	第十六部	觉药
第十七部	质陌	第十八部	物月
第十九部	合恰		

第一部 东冬 (213)

平声：一东二冬通用（136）

【一东】(76) 充忡冲虫崇夙葱驄聪丛东峒风枫疯冯工弓公功攻宫躬烘红洪虹鸿蕻空崆丰咙泷栊珑胧眬砻笼聋隆窿簹蒙曚曚朦蒙蓬篷穷穹戎绒融嵩(崧)菘通同桐铜童僮曈瞳筒翁嗡雄熊中(中间)忠终盅衷椶

【二冬】(60) 冲(冲)舂从(服从)悰淙冬鼕(咚)丰封峰烽葑锋蜂逢缝供(供给)恭蚣龚龙茏农浓秾侬脓醲赗邛筇蛩蚕茸容溶蓉榕松淞鬆彤凶兇匈汹胸痈邕庸佣雍慵喁锺钟重(重复)宗踪纵(纵横)

仄声（77）：上声：一董二肿（40）

去声：一送二宋通用（37）

【一董】(14) 董懂动洞(澒洞)汞澒孔笼(东韵同)拢蠓桶桶蓊总

【二肿】(26) 宠奉拱栱巩恐垅(陇)捧龇

冗伀悚耸竦拥甬俑勇涌蛹踊(踊)**肿**种(种子)
冢踵重(轻重)

【一送】(22)　冻栋洞(岩洞)讽凤赣贡哄
閧空(空缺)控鞚梦弄**送**恸痛瓮中(击中)仲众
粽

【二宋】(15)　从(仆从)缝(隙也)俸供(名
词)共讼**宋**诵颂统用种(种植)重(再也)综纵(放
纵)

第二部　江阳 (345)

平声：三江七阳通用（201）

【三江】(20)　邦梆舡窗缸釭杠**江**豇降
(降伏)扛泷尨庞腔跫(冬韵同)双桩幢撞

【七阳】(181)　昂帮(帮)傍(侧也)仓沧
苍舱藏(收藏)伥昌猖阊长(长短)肠尝偿常场
倡铛疮床创(创伤)怆(漾韵同)当(应当)珰裆
筜方坊芳防妨房肪冈(岗)刚纲钢光杭航颃桁

肓荒慌皇凰隍黄徨惶遑煌潢璜篁蝗簧姜将
(持也送也)浆僵缰薑螿疆康慷(养韵同)穅(糠)
亢吭(漾养韵并同)匡筐狂郎狼廊琅榔(根)蜋
(螂)鄉浪(沧浪)良梁凉粮粱跟量(衡量)邙忙芒
茫囊嬢(娘)滂旁羌枪跄蜣锵鎗强(刚强)墙嫱
蔷樯抢(突也)瓢攘纕桑丧(丧葬)伤殇商觞裳
霜孀骦汤唐堂棠塘糖螳汪亡王忘望(漾韵同)
乡芗相(相互)香厢湘缃箱襄骧镶详庠祥翔行
(行列)央泱殃秧鸯鞅扬羊**阳**旸杨炀佯飏（漾
韵）徉洋快赃臧奘张章彰漳璋麞妆庄装

仄声（144）：上声：三讲二十二养（74）

　　　　　　去声：三绛二十三漾通用（70）

　【三讲】(6)　蚌棒港耩讲项

　【二十二养】(68)　舫盎榜长(长幼)敞厂
氅党说荡盪纺昉仿(倣)广圹沆怳恍谎幌奖桨
蒋慷吭朗两裲魍莽漭蟒蠎镪强(勉强)抢襁壤
嗓颡赏上(上声)爽傥往网枉罔惘魍享饷想鲞

向响象像橡仰**养**痒脏掌丈仗(漾韵同)杖

　　【三绛】(5)　　戆降(升降)**绛**巷撞(江韵同)

　　【二十三漾】(65)　　傍(依傍)谤藏(库藏)怅畅鬯唱创怆当(适当)挡宕砀防(阳韵同)访舫放桄桁将(将帅)匠酱亢(高亢)伉抗炕吭圹圹况旷贶阆浪(波浪)亮谅量(数量)酿搒让丧(丧失)上(上下)尚妄忘旺望(阳韵同)相(卿相)饷向飏恙样**漾**葬臓涨仗(养韵同)帐胀障嶂瘴壮状

第三部 之微 (821)

平声：四支五微八齐十灰(半)通用（334）

　　【四支】(190)　　陂卑悲碑差(参差)蚩鸱笞嗤媸痴缌螭魑池驰迟持匙墀跜吹(动词)炊垂陲锤疵词祠茨瓷慈辞雌鹚儿而龟规麾饥(饑)机肌姬基畸箕羁觜亏岿窥逵葵夔嬴累狸

离骊鹂漓嫠璃褵篱厘(釐)眉嵋湄楣霉弥糜縻
蘪醾弥尼帔丕披皮枇毗疲琵脾罴貔期欺岐
芪其奇歧耆崎萁骑(跨马)棋琪祺旗麒蘬篩尸
师诗施狮时埘莳鰤衰谁丝司私思斯蛳飔澌
虽绥随推(灰韵同)危为(施为)唯帷惟维萎熙
嬉羲犧(牺)曦禧崖涯(佳、麻韵同)伊医猗欹
漪噫仪夷宜怡饴姨贻痍移遗颐疑嶷鏒彝之
支厄芝枝知肢栀祗脂治(治国)追椎锥兹姿赀
资缁滋粢辎髭

　　【五微】(43)飞妃非绯菲(芳菲)扉霏肥
诽归挥晖辉(辉)徽讥饥(支韵同)机玑矶畿鞿
(微也、如见几)几圻祈旗顾威葳**微**薇巍韦围
帏违闱希晞欷稀衣(衣服)依沂

　　【八齐】(60)　箆低羝堤(隄)圭闺巂鸡嵇
跻稽赍齑镜(鑴)奎睽梨犁黎藜鼺蠡迷泥倪猊
霓(蜺)鲵批砒鼙妻(夫妻)凄悽萋栖(栖)蹊**齐**脐
畦嘶撕梯啼提稊鹈题蹄(蹏)醍兮西奚犀溪谿

(磎)酰灂携觿

【十灰(半)】(41)　杯崔催摧堆瑰徊槐
(佳韵同)**灰**诙恢回茴徊盔魁傀雷罍(贿韵同)傀
枚玫莓梅媒煤徘胚醅陪培裴坯推(支韵同)隤
(颓)偎隈煨桅嵬追

仄声（487）：上声：四纸五尾八荠
　　　　　　　　　十贿(半)（179）

　　　　　去声：四寘五未八霁九泰(半)
　　　　　　　　　十一队(半)通用（308）

【四纸】(118)　匕比彼秕鄙婢驰侈齿耻
揣捶棰此泚尔耳迤否(否泰)轨诡癸晷跪毁燬
几己麂纪妓技垒诔累李里裏逦理鲤履美靡
弭弥(支韵同)你拟旎蚍痞跛企杞起绮蕊史矢
豕使(使令)始驶士氏仕市视恃是水死巳(辰
巳)似咒祀俟耔髓委玺徙喜屣蟢圯迤已以矣
苡舣蚁(螘)倚旖徵(角徵)止只旨址**纸**芷祉咫
指枳趾豸峙時雉仔觜子姊梓紫滓

【五尾】(19)　菲(菲薄)匪悱斐榧篚鬼灺卉几(几多)虮岂伟**尾**苇炜玮娓婔

【八荠】(27)　陛诋邸坻底抵柢砥弟娣递济(水名)蠡礼澧醴米眯昵睨启棨**荠**体悌涕洗

【十贿(半)】(15)　琲璀悔汇**贿**块傀磊蕾偎每馁腿猥罪

【四寘】(130)　备被鼻比(近也)庇吡避臂跛厕豉炽翅屎啻吹(名词)次刺赐悴萃粹翠地饵二贰柜恚积(积蓄)记忌芰季觊寄悸暨冀骥匮愧蒉篑馈泪类累(连累)莉吏利苈罾媚寐魅泌秘腻辔譬骑(车骑,名词)企弃器瑞识(记也)莳使(使者)示事侍试嗜帅睡思(名词)四寺伺泗饲驷笥嗣肆祟遂隧燧穗为(因为)伪位屣戏遗(馈遗)义议异易(容易)谊意肆薏懿值至志帜治挚致鸷智**寘**稚置雉志踬致坠惴字自恣渍眦醉

【五未】(25)　蜚诽翡沸费溉(队韵同)贵卉(尾韵同)讳彙(汇)既气纬**未**味畏胃尉谓渭蔚慰魏衣(动词)毅

【八霁】(105)　闭毙敝币弊蔽嬖薜掣脆毳逮髢弟帝娣递第谛棣睇缔蒂桂鳜彗惠慧蕙篲螮挤计际剂济(渡也)继祭蓟**霁**髻厉丽励例戾隶俪荔砺唳粝捩袂谜泥(拘泥)睨媲睥妻(以女妻人)契(契约)憩锲蚋锐睿世势贳逝筮誓噬帨税说(游说)岁屉剃悌涕(荠韵同)替薤嚏卫系係细繫壻曳艺呓诣羿裔瘗翳制猘彘滞制缀赘

【九泰】(半)(16)　贝狈兑会绘荟桧侩脍酹沛斾霈蜕外最

【十一队】(半)(32)　背悖焙琲辈倅淬焠**队**对碓敦(盘敦)吷废肺悔诲晦秽喙块溃妹昧内佩珮配碎退刈

第四部　鱼虞（507）

平声：六鱼七虞通用（219）

【六鱼】(60)　车(麻韵同)初樗除滁锄耡蜍蠩(药韵同)储徂居狙苴疽琚裾沮据(拮据)醵鑢庐驴闾梌祛蛆渠蕖蘧如茹书纾梳疏(疎)舒蔬胥虚嘘(歔)墟徐淤予(我也)余妤欤于(於)鱼馀渔畬舆旟齬誉(动词)诸猪菹

【七虞】(159)　逋晡摴厨芻雏蹰粗(麤)殂都夫肤枎跗麸敷凫孚扶芙俘郛蚨栿符姑孤沽鸪菰蛄觚辜酤呱乎呼滹弧狐胡壶湖猢葫瑚糊醐餬瓠拘驹俱瞿劬枯骷卢芦垆泸炉轳鸬舻颅鲈炉谟摹模奴孥驽铺(铺盖)匍葡蒲酺区岖驱躯趋劬氍瓤衢儒孺濡襦繻枢姝殊毹输苏酥帑图徒荼途屠涂酴菟乌污(污秽)呜巫洿诬无毋吴吾芜梧须需鬚纡迂渝于盂臾俞禺竽娱谀萸隅嵎愉腴愚榆瑜虞窬蝓(逾)吁朱侏诛茱株珠硃铢蛛租

仄声（288）：上声：六语七麌（158）

去声：六御七遇通用（130）

【六语】(53)　杵础楮楚褚处(居住、处理)湑咀沮举巨讵拒苣炬鉅距吕侣旅女去(除也)茹(食也)汝抒暑黍鼠墅所许醑序叙绪溆予(赐予)与(给予)屿**语**(语言)圉圄御(御韵同)渚煮伫(竚)纻苎杼贮诅阻俎

【七麌】(105)　补部簿堵赌覩杜肚缶否(是否)抚甫府拊斧俯(俛)釜脯辅腑腐父估酤古诂股牯罟羖盅鼓瞽雇虎琥户沪怙祜扈贾(商贾)矩榘踽窭聚苦姥偻篓卤虏鲁橹艣缕褛莽(养韵同)某母亩牡挐努弩怒(遇韵同)圃浦普谱取乳树(动词)竖数(动词)土吐五午仵伍坞妩庑武侮鹉舞诩栩煦宇羽雨禹庾**麌**愈主拄麈柱组祖

【六御】(30)　处(处所)狙(鱼韵同)倨锯踞遽据虑去觑疏(书疏)署薯曙恕庶絮淤与

(参与)语(告也)驭预**御**蓣誉(名词)豫助著(显著)箸蓍

【七遇】(100)　餔哺捕布佈步怖醋措妒度(制度)渡镀蠹恶(憎恶)讣付妇负附阜驸赴副傅富(宥韵同)赋赙酤固故顾雇锢互护沍瓠句具惧飓库绔(袴)露赂路辂璐鹭履募墓慕暮怒(虞韵同)仆(偃仆)铺(店铺)醋谱娶趣孺戍树(树木)数(数量)诉素塑愫溯愬吐(虞韵同)兔污(动词)迕务误悟晤妪雾窳鹜煦芋妪谕喻寓裕**遇**住注驻炷蛀註铸袏

第五部　佳灰 (180)

平声：九佳(半)十灰(半)通用（62）

【九佳(半)**】**(31)　挨差(差使)钗侪柴豺乖骸怀淮槐(灰韵同)**佳**阶皆街秸揩楷埋霾俳排牌齐偕谐鞋(鞵)崖涯(支麻韵同)睚崽

【十灰(半)**】**(31)　哀唉埃挨皑猜才材

财裁纔猷(采)该垓孩**开**咳来徕莱腮(颥)枙骀
胎台抬苔臺灾哉栽

仄声（118）：上声：九蟹十贿(半)（34）

　　　　　　　去声：九泰(半)十卦(半)

　　　　　　　　　　十一队(半)通用（84）

　　【九蟹】(12)　矮摆罥拐骇解楷(佳韵同)
买奶洒骇**蟹**

　　【十贿】(半)(22)　倍蓓采彩採綵迨待怠
殆改海醢亥凯恺铠闾乃宰载(岁也)在

　　【九泰】(半)(19)　蔼霭艾蔡大(个韵同)
带丐盖害赖濑癞籁奈柰太汰**泰**外

　　【十卦】(半)(36)　隘败拜稗惫怪坏介戒
芥届玠界疥诫蒯块快喝夬簧聩迈卖派湃晒
械廨懈薤邂澥债寨瘵

　　【十一队】(半)(29)　嗳爱瑷碍(碍)菜代
岱玳贷埭袋逮戴黛溉概慨忾欬(咳)赉睐耐鼐
塞(边塞)赛态载(载运)再在(所在)

第六部 真文（335）

平声：十一真十二文十三元(半)通用（176）

【十一真】(94)　宾彬滨缤槟瀕豳(邠)瞋尘臣辰陈宸晨春椿纯唇蓴(莼)淳鹑醇皱巾津均钧菌筠邻嶙磷辚鳞驎麟抡伦沦纶轮民岷珉泯(轸韵同)闽贫嫔频嚬颦苹(蘋)亲秦囷逡人仁纫申伸身呻绅娠神辛新薪巡旬驯询峋恂荀循洵因姻茵氤垠寅银匀珍**真**甄榛臻肫谆遵

【十二文】(37)　贲分(分离)纷芬氛坟汾焚棼斤筋军君芹勤裙群**文**纹闻蚊雯汶昕欣勋熏薰曛醺殷云雲纭芸耘氲

【十三元(半)】(45)　奔村存敦墩蹲囤(囤积)炖恩根跟痕昏婚阍浑馄魂坤昆崑髡裈鲲仑论(动词)门扪喷盆孙狲荪飧吞暾屯饨豚臀温辒瘟缊尊(樽)

仄声（159）：上声：十一轸十二吻

十三阮(半)（74）

去声：十二震十三问十四愿(半)

通用（85）

【十一轸】(35)　脤蠢盾(阮韵同)紧尽侭

窘菌(真韵同)黾闵泯悯敏牝忍哂肾蜃吮楯隼

筍(笋)尹引蚓允陨殒诊**轸**疹缜赈准(準)

【十二吻】(16)　粉忿愤叠谨槿瑾近刎

吻抆搵隐恽韫蕴

【十三阮(半)】(23)　本畚笨忖囤沌遁

衮滚鲧棍很混垦恳焜悃捆阃梱损稳龈

【十二震】(47)　摈殡鬓疢龀趁衬(襯)仅

廑馑晋烬赆进缙觐俊峻骏寯浚(濬)吝蔺躏刃

认仞韧闰润慎顺舜瞬信衅(釁)讯汛迅殉印阵

振赈镇**震**谆

【十三问】(20)　分(名分)奋忿(吻韵同)

粪近(动词)靳郡捃拼闻(名誉)抆紊**问**训运郓

晕愠韵酝

【十四愿(半)】(18)　寸钝顿遁(阮韵同)艮恨诨溷困论(名词)闷嫩喷(元韵同)濮褪搵逊巽

第七部　寒删（645）

平声：十三元(半)十四寒十五删一先

　　　通用（306）

【十三元(半)】(39)　番幡(旛)翻藩烦樊蕃燔璠繁翻矾(礬)骞圈蜿掀轩谖喧萱暄言冤鸳鹓**元**园沅垣爰原袁援湲鼋源猿辕媛

【十四寒】(85)　安鞍般瘢磻餐残丹单郸殚瘅箪弹端崲干乾(干湿)杆玕肝竿观(观看)官冠(衣冠)倌棺鼾邗邯**寒**韩汗(可汗)翰(翰韵同)欢獾桓刊看(翰韵同)宽兰拦栏阑谰澜峦鸾銮圝馒瞒鳗谩漫(大水貌)难(艰难)潘盘柈磐蹒蟠拼姗珊跚狻酸痠摊滩坛檀叹(翰韵同)湍团抟溥团剜丸纨完岏攒钻

【十五删】(45) 班般颁斑媥孱傼潺关纶(纶巾)鳏还环寰镮阛鬟患(谏韵同)擐间(中间)艰奸(姧)菅蕑闲斓蛮鬘攀悭山删潸汕疝弯湾顽闲娴鹇翾颜殷(赤黑色)圜

【一先】(137)　边编鳊鞭扁(扁舟)便(安也)婵禅缠蝉廛躔川穿传船椽单(单于)滇颠巅癫佃钿(霰韵同)坚肩笺犍煎鞯溅(溅溅)娟捐涓鹃镌蠲卷(曲也)狷连怜涟莲联琏挛眠绵棉年偏篇翩骈胼骿千阡芊迁牵铅愆骞搴褰蹇韀前虔钱乾(乾坤)悛全权诠泉荃拳痊筌鬈颧然燃膻(羶)扇拴天田畋填阗仙先秈(籼)跹鲜(新鲜)弦贤涎絃舷蚿宣儇嬛翾悬旋(霰韵)璇(璿)咽烟焉湮嫣蔫朣(胭)延妍沿研(研究)筵蜒燕(地名)鸢渊员圆缘毡旃遭鳣鹯专砖颛

仄声（339）：上声：十三阮(半)十四旱十五潸
　　　　　　　十六铣（136）
　　　　去声：十四愿(半)十五翰十六谏

十七霰通用（203）

【十三阮(半)**】**⁽²³⁾ 反返饭(动词)寨绻**阮**蜿宛挽晚婉菀琬畹踠幰晅偃巘堰沅远(远近)苑

【十四旱】⁽³¹⁾ 伴拌但诞短断(断绝)缎馆(翰韵同)管琯盥(翰韵同)罕**旱**瀚(浣)缓侃款懒懒卵(哿韵同)满灒暖散(散布)伞(伞)算(动词)坦袒盌(碗)莞纂

【十五潸】⁽²³⁾ 阪板版产划铲羼拣柬简赧**潸**汕绾皖限眼琖(盏)醆栈撰馔

【十六铣】⁽⁵⁹⁾ 扁匾变辨辩辫阐颤舛喘典茧翦(剪)蹇(阮韵同)件饯(霰韵同)践键卷捲隽猭免勉娩冕缅辇捻(撚)浅遣(遣送)缱犬畎软(輭)善(善恶)膳鳝殄腆**铣**鲜(少也)显蚬跣薛燹岘选癣泫兖衍演邅展辗转(霰韵同)篆

【十四愿(半)**】**⁽²¹⁾ 饭(名词)贩畈建健键侃曼蔓圈(猪圈)劝券挽万宪献(獻)远(动词)

怨媛瑗**愿**

【十五翰】(66)　岸按案半伴绊灿粲璨
窜爨疸旦但弹(名词)惮段断(决断)缎锻旰幹
(干)骭观(楼观)冠(冠军)馆贯盥灌鹳罐汉扞
(捍)汗悍**翰**(寒韵同)瀚唤换涣焕逭侃看(寒韵
同)谰烂乱幔漫(寒韵同。又副词，独用)缦
难(灾难)判叛畔散(解散)蒜算(名词)叹(寒韵
同)炭玩(翫)婉惋腕赞讚钻

【十六谏】(27)　办扮瓣铲串篡卝惯幻
宦患豢间(间隔)裥涧**谏**孱谩慢盼讪(删韵同)
绾苋晏雁栈(潸韵同)绽

【十七霰】(89)　卞弁忭汴便(便利)变徧
(遍)禅(封禅)颤传(传记)钏单电佃甸钿(先韵
同)念淀奠殿淀靛煎见饯荐贱溅箭卷(书卷)
倦狷绢眷眄睊练炼恋楝眄面麪片谴倩蒨(茜)
煽扇善(动词)缮擅膳瑱县现羡线(線)**霰**旋漩
选炫绚眩衒碵咽研(磨研)彦砚唁宴谚燕咽

(嚅)讘援缘(衣饰)院媛掾战绽转(以力转动)啭
撰馔

第八部　萧肴（443）

平声：二萧三肴四豪通用（221）

【二萧】(108)　标飚镳超朝潮刁凋貂雕
鵰调(调和)娇浇骄椒焦礁蕉燋鷦侥噍辽聊僚
寥嘹寮撩獠缭鹩瞭猫么(幺)苗描剽漂(漂浮)
飘瓢嫖跷蹻乔侨桥谯樵顦(憔)翘饶桡娆烧
(焚烧)苕韶佻挑祧条岧迢韶蜩髫铫枭哓枵骁
宵消绡逍鸮萧硝翛销潇箫霄魈嚣蠨夭(夭夭)
妖喓腰邀尧姚峣轺窑谣徭摇遥瑶飖要(要求)
鹞钊招昭

【三肴】(43)　凹坳包苞胞刨(铇)抄钞巢
嘲交郊姣茭胶蛟鲛鵁教(使也)牦茅螯铙抛咆
庖炮(炮制)匏跑泡敲鞘捎梢艄崤淆哮爻肴骰
咬抓

【四豪】(70)　　敖嗷獒遨熬翱螯鳌麈褒操(操持)曹嘈漕槽刀叨忉舠羔高皋膏篙糕蒿毫嗥**豪**壕濠号(号呼)尻捞劳牢唠痨醪涝牦(犛)毛旄髦芼挠(巧韵同)猱袍搔骚缫臊艘弢涛绦掏滔韬饕咷(嚎啕)洮逃桃陶淘萄绹遭糟

仄声（222）：上声：十七筱十八巧

十九皓（115）

去声：十八啸十九效二十号

通用（107）

【十七筱】(49)　　表晁掉(啸韵同)佼皎矫剿缴曒缭蓼了瞭(萧韵同)杪眇秒淼渺缈藐鸟茑袅(裹)嬝缥殍悄硗扰扰娆绕遶少(多少)绍挑(挑拨)窕小晓**筱**夭(夭折)杳窈舀沼兆赵旐肇

【十八巧】(18)　　拗饱鲍吵炒姣佼狡绞搅獠卯茆昴挠(豪韵同)**巧**咬爪

【十九皓】(48)　　祅媪懊宝保鸨堡葆褓

抱草岛倒(跌到)祷(号韵同)捣(擣)道稻杲缟槁
稿镐好(好丑)昊浩**皓**考拷栲老涝芼恼脑瑙扫
(号韵同)嫂讨套燠早枣蚤澡藻皂造(造作)燥

　　【十八啸】(50)　骠吊钓调(音调)掉(筱
韵同)剿(勦)徼叫峤轿噭醮爝潦疗廖嘹燎(筱
韵同)镣鹩料妙庙尿漂票勡(剽)悄俏诮峭窍
鞘少(老少)邵哨眺铫(萧韵同)跳臬肖笑**啸**要
(重要)鹞曜耀(燿)召诏照

　　【十九效】(22)　拗豹鲍(刨,肴韵同)爆
钞较教(教训)窖觉(寤也)貌闹淖炮(枪炮)泡
(肴韵同)敲(肴韵同)稍孝効**效**校罩棹(櫂)

　　【二十号】(35)　傲奥懊报暴(强暴)操
(操行)糙导倒(颠倒)蹈到悼盗纛(沃韵同)告
(告诉)诰好(爱好)**号**(号令)耗犒靠劳(慰劳)潦
冒耄帽瑁套隩燠(皓韵同)造(造就)噪燥躁灶
(竈)

第九部　歌波（151）

平声：五歌(独用)（79）

【五歌】（79）　阿陂波瘥搓瑳蹉嵯多讹俄娥峨鹅蛾戈哥**歌**緺锅过(经过)诃呵禾何和(和平)河荷(荷花)迦苛柯珂科轲疴痾窠蝌髁罗啰萝逻锣箩骡螺么摩磨(琢磨)魔那哪挪哦坡颇(偏颇)婆鄱皤瘸捼莎唆娑梭蓑拖驮佗(他)陀沱驼跎酡鼍倭涡窝鞾(靴)

仄声（72）：上声：二十哿（40）

去声：二十一箇通用（32）

【二十哿】（40）　跛簸爹(麻韵同)哆朵垛亸堕舵憜峨(歌韵同)婀**娿**舸果裹荷(负荷)火伙祸坷颗可卵逻裸么(歌韵同)那娜颇(稍也)叵琐锁拖(扡)妥我硪桠左坐(坐立)

【二十一箇】（32）　播簸磋挫铧大(泰韵同)剁饿缚**箇**(个)个过(歌韵同。又过失，独用)和(唱和)贺货轲(轗轲)髁(歌韵同)课

磨(磨盘)懦糯破捼驮唾涴卧些(楚些)佐作座做

第十部　佳麻（181）

平声：九佳(半)六麻通用（88）

【九佳(半)】(7)　佳哇娃娲蛙蜗涯(支麻韵同)

【六麻】(81)　巴芭疤笆叉查茶槎差(差错)车(鱼韵同)爹瓜呱花华骅哗(譁)划加迦枷珈家痂笳袈葭跏嘉嗟夸誇胯麻蟆拏(拿)葩杷爬耙琶茄沙纱砂袈鲨奢赊畬蛇洼挝虾遐瑕蕸椵霞些(少也)邪斜丫呀鸦桠牙芽枒琊涯(支佳韵同)衙哑椰耶揶渣楂咤遮抓

仄声（93）：上声：二十一马（35）

去声：十卦(半)二十二祃

通用（58）

【二十一马】(35)　把打鲊剐寡贾(姓贾)

斝瘕假(真假)姐**马**玛那嗻且惹洒舍捨社耍瓦下(上下)夏(华夏)厦写灺泻雅也冶野鲊者赭

【十卦(半)】(4)　**卦**挂(罣)罣画(图画)

【二十二祃】(54)　嘎靶坝罢霸灞衩佗诧华(姓华)化话桦藉(凭藉)价驾架假(休假)嫁稼借胯(过韵同)跨骂**禡**帕怕舍(庐舍)射赦麝賖暇下(降也)吓夏(春夏)罅卸谢榭哑亚讶迓娅稏夜乍诈咤柘蔗鹧炙

第十一部　庚青（405）

平声：八庚九青十蒸通用（255）

【八庚】(123)　浜绷兵并(交并)伧栟蛏峥赪撑瞠成盛(盛受)呈诚城程醒橙瞪更(更改)**庚**耕赓羹觥亨横(纵横)衡蘅轰宏闳泓黉京茎秔(粳)荆惊旌菁晶睛精鲸坑铿令(使令)盲甿萌盟甍名明鸣宁狞怦砰烹彭棚澎膨平

评坪苹枰轻倾卿清鲭情晴擎檠黥芎琼荣嵘
生声牲笙甥饷行(行走)兄英莺婴嘤撄缨罂樱
璎鹦迎茎盈莹营萦楹赢嬴瀛贞侦争征峥狰
铮铮筝正(正月)

【九青】⁽⁶⁹⁾　丁仃叮疔钉泾经局坰伶
灵囹泠苓玲瓴铃椋羚翎聆舲蛉转零龄鸰醽
冥铭溟暝瞑螟宁咛娉俜屏瓶萍軿**青**蜻荥厅
听(径韵同)町廷亭庭停婷蜓霆馨星惺猩腥刑
邢形陉型硎醒(醉醒)荧萤

【十蒸】⁽⁶³⁾　崩冰层嶒称(称赞)丞承乘
(驾乘，动词)惩塍澄(澂)灯(镫)登簦冯肱姮恒
薨矜兢棱楞凌陵崚凌绫菱(蔆)罾能凝(径韵
同)朋鹏凭憑仍僧升昇胜(胜任)绳腾誊滕簏
藤兴(兴起)应(应当)膺鹰蝇鹰曾增憎缯矰罾
征(征求)烝蒸症

仄声（150）：上声：二十三梗二十四迥（71）

　　　　　去声：二十四敬二十五径

通用（79）

【二十三梗】(53)　丙秉炳饼併逞骋打哽绠耿**梗**鲠犷井阱颈景儆憬警婧靓靖境静冋矿冷岭领猛艋蜢皿顷请省眚惺杏幸荇倖悻郢颍颖影瘿永狰(庚韵同)整

【二十四迥】(18)　并等酊顶鼎矴**迥**炯肯茗溟酩磬挺梃艇醒(青韵同)拯

【二十四敬】(39)　进柄炳并併(合并)病摒更(更加)横(蛮横)劲阱净竞竟**敬**靓獍镜令(命令)孟命聘檠庆圣盛(茂盛)行(学行)姓性迎映硬泳咏(詠)正(正直)证诤郑政

【二十五径】(40)　蹭称(相称)乘(名词)秤蹬邓凳隥瞪磴镫(鞍镫)钉(动词)订饤定锭亘(亘古)泾**径**迳胫暝(夜也)宁佞泞凭(蒸韵同)謦磬罄胜(胜败)剩(賸)听兴(兴趣)应(答应)莹(庚韵同)滢孕甄赠证

第十二部　尤求（289）

平声：十一尤(独用)（125）

【十一尤】（125）　彪不(与有韵"否"通)瓿抽瘳仇俦帱惆绸畴愁稠筹酬踌雠兜浮蜉勾沟钩篝鞲侯喉猴簇湫纠鸠阄啾樛抠刘浏流留琉硫旒骝榴瘤偻楼蝼髅搂矛缪(绸缪)牟侔眸谋鍪牛讴欧瓯鸥沤(水泡，名词)抔掊妻丘邱秋蚯楸秋鹜因求泅虬(蚪)酋球逎裘璆柔揉蹂收搜(蒐)飕偷头投骰休修(脩)咻庥羞貅优忧攸呦幽悠**尤**由邮油疣游犹遊猷蟉啁州舟诌周洲辀邹驺陬

仄声（164）：上声：二十五有（81）

去声：二十六宥通用（83）

【二十五有】（81）　瓿丑醜斗抖陡蚪缶否(麌韵同)妇(麌韵同)负(麌韵同)阜(麌韵同)狗苟耇垢吼后厚後纠赳九久玖韭酒臼咎舅口叩扣柳绺塿篓某母(麌韵同)亩(麌韵同)牡

(虞韵同)姆拇扭纽钮殴呕偶耦藕剖掊糗取
(虞韵同)揉(尤韵同)蹂(尤韵同)手守首寿受授
绶溲叟擞薮朽友**有**酉莠牖黝右诱肘帚(箒)纠
走

　　【二十六宥】(83)　　臭凑斗豆逗饾窦读
(句读)副(遇韵同)富(遇韵同)复(又也)覆构
诟购彀构遘逅候堠究灸旧疚厩救就僦鹫扣
寇蔻溜雷陋漏镂茂贸袤懋谬沤(动词)仆寿
(有韵同)狩兽售(尤韵同)瘦漱嗽宿(星宿)透
戊秀岫绣袖(褎)锈嗅柚又右幼佑(祐)侑囿
宥鼬咒宙绉昳昼胄皱酎甃偻骤籀奏

第十三部　侵寻 (94)

　　平声：十二侵(独用) (53)
　　【十二侵】(53)　　参(参差)岑涔掺郴琛
忱沈(沉)今金襟(衿)褉禁(胜任)林临淋琳霖黔
侵钦衾骎嵚(崟)芩琴禽擒檎壬任(负荷)妊森

深参(人参)椹心歆寻浔阴音暗愔瘖吟淫蟫簪
(覃韵同)针(鍼)砧(碪)斟箴

仄声（41）：上声：二十六寝（24）

去声：二十七沁通用（17）

【二十六寝】(24)　禀锦噤凛廪懔品**寝**
荏稔饪恁衽(袵)葚沈审谂婶甚(沁韵同)覃饮
(饮食)怎枕(枕衾)朕

【二十七沁】(17)　谶浸禁(禁令)噤赁**沁**
任(信任)妊甚(寝韵同)渗窨荫暗饮(使饮)潜枕
(动词)鸠

第十四部　覃盐（231）

平声：十三覃十四盐十五咸通用（116）

【十三覃】(47)　庵(菴)谙参(参考)骖蚕
惭担眈耽聃酣甘泔柑蚶酖憨含邯函(包函)涵
颔龛堪戡岚婪蓝襤篮男南楠三毵鬖贪坛昙
谈**覃**痰谭潭探蟫(侵韵同)簪(侵韵同)

【十四盐】(49)　　砭窆幨襜蟾尖歼兼缣鹣

鹣渐奁帘簾廉镰鬑拈黏佥谦签钤钳箝潜黔籤

(签)髯添恬甜纤嫌崦淹阉腌严炎**盐**阎檐(簷)詹

噡沾(霑)瞻占(占卜)

【十五咸】(20)　　掺搀诿馋巉镵帆(颿)凡

函(书函)监(监察)缄喃嵌杉芟衫**咸**衔(啣)鹹岩

(嵒)

仄声(115)：上声：二十七感二十八俭

二十九豏(71)

去声：二十八勘二十九艳

三十陷通用(44)

【二十七感】(25)　　惨胆(膽)菼啖憺淡澹

(勘韵同)敢**感**橄喊菡颔(覃韵同)撼坎轗览揽

榄罱嵌(咸韵同)槧糁毯湛

【二十八琰】(34)　　贬谄点簟**俭**捡检渐

(盐韵同)敛(艳韵同)脸芡忝歉冉苒染闪陕睒

剡夽(艳韵同)险崄崦奄俨弇掩**琰**罨焰(艳韵

同)飐崭玷

【二十九豏】(12)　黯巉(咸韵同)灤犯范
範减槛舰**豏**斩湛

【二十八勘】(14)　暗(闇)担喽(啗)淡澹
(感韵同)绀憨憾**勘**瞰缆滥三(再三)暂

【二十九艳】(20)　俺砭玷店垫剑僭敛
(聚敛)潋念欠堑赡厌验焰(琰韵同)滟酽**艳**(艳)
占(占据)

【三十陷】(10)　忏泛(汎)梵鉴嵌陷**馅**站
蘸赚

第十五部　屋沃(146)

入声：一屋二沃通用(146)

【一屋】(104)　卜矗蔟簇蹙蹴读(读书)渎
椟牍特黩髑独伏服茯匐菔袱幅福辐蝠鹏複
(复杂)復(恢复)覆(覆盖)副腹馥穀谷榖国(职
韵同)斛斛榖掬跼鞠菊局哭六陆鹿禄碌漉戮

辘簏麓木目沐牧苜睦穆仆扑(撲)瀑曝(暴)曲
肉叔倏淑菽孰塾熟嗾夙肃速宿(住宿)骕谡簌
缩秃**屋**畜蓄蓿育郁(忧郁)鹆煜鬻粥轴竹竺逐
舳祝筑筑族镞

【二沃】⁽⁴²⁾　北(职韵同)触促纛督毒笃
鹄梏局酷录渌菉醁绿曲辱溽缛褥赎蜀束俗
粟**沃**旭续勗(勖)玉狱浴欲慾碌烛躅属嘱瞩足

第十六部　觉药 (148)

入声：三觉十药通用（148）

【三觉】⁽³⁵⁾　雹剥驳觌角**觉**(知觉)桷壳
乐(音乐)荦邈搦璞朴确榷数(频数)朔槊喔幄
握渥齷学岳(嶽)卓捉浊啄琢擢斲(斫)濯镯

【十药】⁽¹¹³⁾　杓泊博搏箔膊薄簿踱绰
酢错度(测度)铎踱垩恶(善恶)谔鄂崿萼锷颚
噩鳄腭缚阁格各郭椁郝涸貉鹤壑获(收获)濩
霍镬藿脚缴醵屩噱爵嚼矍攫扩廓烙酪乐(哀

乐)轹掠略洛络骆珞落摸膜陌(陌韵同)莫寞
漠幕疟虐诺粕魄却雀鹊若弱蒻箬勺芍烁铄
索诧托(扡)饦橐拓柝箨削谑**药**药约钥跃瀹钥
籥(龠)凿着灼酌着昨作柞斫

第十七部　质陌（374）

入声：四质十一陌十二锡十三职十四缉

　　　通用（374）

　　【四质】（77）　笔必毕苾荜弼筚跸觱叱
出怵黜垤鳌唧吉姞疾嫉蒺诘桔栗慄溧篥律
率葎泌密谧蔤蜜昵匹七漆日瑟失虱实室秫
术術述帅(动词)愿悉膝蟋戌恤(卹)獝一壹乙
佚轶逸溢聿鹬侄(姪)帙**质**栉秩窒踬茁卒(终
也)崒捽

　　【十一陌】（122）　白百柏辟闢碧璧襞伯
帛舶擘檗册策筴拆坼尺斥赤刺额厄(戹)陌扼
革格鬲隔槅骼蝈帼虢核翮核赫划画(动词)获

(猎获)劐(骦)迹屐积(积聚)瘠鹡蹐籍(典籍)脊戟嵴藉剧喀客麦脉**陌**蓦貊逆癖僻迫珀魄碛射(音亦)石适释螫硕索迹(跡)夕汐昔夝惜席舄隙吓哑(笑声)掖液腋亦役译峄易(变易)绎驿奕帠弈疫益蜴择泽责啧帻舴箦栅蚱摘宅窄谪磔跖(蹠)摭踯只炙(动词)掷

【十二锡】(56)　壁吃(喫)的滴镝狄籴迪敌涤荻笛觊嫡菂击绩勣激寂历沥枥栎轹砾雳历礼汨(汨罗江)觅幂蜺溺劈霹霾戚阒剔踢倜逖惕裼析淅晰皙**锡**蜥檄阋鹢翟擿

【十三职】(70)　北逼侧恻测敕(勒)得德匐(屋韵同)幅国劾黑或惑唧(质韵同)即极亟棘殛稷鲫克刻克勒肋力墨默匿塞(闭塞)色啬穑识(知识)蚀食(饮食)式饰拭轼忒特慝息熄洫亿弋忆抑翊薏翼臆域螂则仄昃贼织直值**职**植殖陟

【十四缉】(49)　给圾芨**缉**及岌汲级急

笈(叶韵同)戢集楫(叶韵同)辑濈立笠粒廿泣
茸入靸涩湿十什拾吸翕歙习袭隰揖邑唈
悒挹浥裛熠煜(屋韵同)蛰褶汁执絷

第十八部　物月 (289)

入声：五物六月七曷八黠九屑\十六叶

　　通用（289）

　　【五物】(30)　　不吃(口吃)沸佛弗怫拂绂
绋茀袚髴黻倔崛掘(月韵同)厥乞讫迄契屈尉
蔚勿**物**屹鬱(馥郁)黻熨(未韵同)

　　【六月】(52)　　悖(队韵同)饽脖孛勃渤鹁
猝咄(曷韵同)發(发)伐罚阀筏髪鹘(黠韵同)骨
鹘核忽惚笏揭(屑韵同)碣竭羯掘(物韵同)厥
(物韵同)蕨橛蹶矻窟没殁讷(呐)阙凸突襪(袜)
兀歇蝎谒曰**月**钺粤越樾卒(士卒)捽(质韵同)

　　【七曷】(39)　　拔(挺拔)跋拨钵钹撮达
怛夺掇(屑韵同)遏割葛鸹聒喝**曷**褐豁活

磕渴括阔瘌剌挩抹末沫秣蘑泼獭(黠韵同)挞囡脱袜(音末)斡

【八黠】(25)　八叭捌拔(拔攉)察鹊刮滑猾戛捺帕萨杀刹铩刷瞎辖黠揠扎札轧苴

【九屑】(88)　鳖别蹩彻撤澈啜惙辍跌迭垤叠褐(曷韵同)揭孑节拮洁结桀杰(傑)颉截碣(月韵同)桔决诀抉玦绝觖谲蕝鴂列劣冽烈裂灭篾蜺(蜕，齐、锡韵同)捏涅啮蘖批(齐韵同)撇瞥切窃挈锲缺阒热爇舌设说铁餮楔撷缬泄绁**屑**亵薛穴雪血吷咽(呜咽)噎页轶悦阅折哲辙浙拽(曳)缀拙

【十六叶】(55)　谍喋堞叠牒碟蝶(蜨)蹀鲽甦笈(绀韵同)楫(檝,绀韵同)浃荚铗颊接婕捷睫猎躐鬣捻聂嗫镊蹑妾惬箧萐霎涉慑摄贴帖侠协挟屧燮躞厌**叶**葉晔靥撷馇裹(绀韵同)雪辄折

第十九部　合洽（66）

入声：十五合十七洽通用（66）

【十五合】(34)　搭褡沓答鸽**合**蛤阁盍盒阖榼磕溘拉邋腊蜡纳衲卅飒跶塌塔搨(拓)沓遏榻踏蹋匝咂杂

【十七洽】(32)　插锸劄乏法夹峡袷(袷)甲胛劫掐恰**洽**恰菚歃霎(叶韵同)呷匣狎峡狭硖胁压押鸭业邺闸眨

【附录六】

中原音韵

（5136字）

（据元·周德清《中原音韵》摘录）

韵 部 表

一	东 钟	二	江 阳
三	支 思	四	齐 微
五	鱼 模	六	皆 来
七	真 文	八	寒 山
九	桓 欢	十	先 天
十一	萧 豪	十二	歌 戈
十三	家 麻	十四	车 遮

十五　庚　青　　　　十六　尤　侯

十七　侵　寻　　　　十八　监　咸

十九　廉　纤

一　东　钟　（225）

【阴平】崩绷充冲忡春艟囱匆葱骢聪东冬丰风枫封峰烽锋蜂工弓公功攻供肱宫恭蚣躬龚觥薨烘薨泓空悾烹倾穹松嵩通翁凶兄芎汹胸痈邕雍壅中忠终钟衷宗棕踪纵（66）

【阳平】虫崇从丛琼藜峒冯逢缝横弘红宏洪虹鸿龙咙昽栊珑胧砻笼聋隆窿盲萌甍莪濛朦蒙农侬浓脓穠芃彭棚蓬鹏篷邛穷筇蛩戎绒茸荣容嵘溶蓉瑢融镕同桐铜童僮潼朣瞳筒雄熊佣庸墉慵镛鳙重（79）

【上声】宠董懂箸巩汞拱珙孔恐陇垄垅拢猛艋蜢懵蠓捧冗耸竦统桶洶俑永俑勇

涌踊肿种冢踵总（37）

【去声】进铳从倷动冻栋洞缝讽凤奉
供共贡横哄空控鞚砼孟梦弄讼宋诵送颂恸
痛瓮莹咏用中种仲众重综纵粽（43）

二　江阳　（327）

【阴平】邦帮梆镑仓苍昌娼猖菖阊疮
窗熜当裆璫方坊芳枋妨肪冈刚纲缸钢釭光
胱育荒江姜将浆僵缰薑疆康糠亢匡筐眶雱
滂羌腔蜣锵锖抢桑丧伤殇商觞双霜孀鸘汤
汤铛汪乡相香厢湘箱襄骧央泱殃秧鸯赃臧
脏张章彰漳獐樟璋麞妆庄桩装椿（98）

【阳平】昂傍藏长肠苌尝偿常场床防房
房逢杭航颃皇凰隍黄惶遑潢篁艎蝗簧降扛狂郎
狼廊琅榔稂螂浪良凉梁粮梁量邙忙芒茫囊娘庞
庞旁戕强墙嫱樯禳穰裳唐堂棠塘搪糖亡王忘详

祥翔行扬羊阳旸杨徉飏徉洋卬幢撞（88）

【上声】绑榜长厂昶敞氅党谠仿访髣舫放港广夯沆恍谎讲奖桨蒋朗两魉莽蟒镪强抢穰壤嗓颡晌赏爽帑倘网往枉罔辋享响饷餉想鞅仰养痒赃掌（57）

【去声】盎蚌傍棒谤藏怅畅倡鬯唱创怆当挡宕荡档放戆虹晃幌将匠降洚绛酱炕亢抗炕诳圹纩况旷贶阆浪亮谅辆量酿胖强让丧上尚烫王妄忘旺望相饷向巷项象像行炀仰养快恙样漾葬涨丈帐杖胀障瘴壮状撞（84）

三　支思（150）

【阴平】差雌尸师诗施狮著氏丝司私思鸶斯蛳厮撕之之支厄芝枝肢栀胝胝脂孜兹咨姿赀资淄谘孳滋髭（40）

【阳平】匙疵词祠茨瓷慈辞磁儿而颥

时埘（14）

【上声】弛侈齿此沘底砥尔耳迩饵珥騹塞涩瑟史矢豕使始驶屎死徵止旨址沚纸芷祉吡指趾仔子姊梓紫（40）

【去声】厕豉翅次刺赐饵二贰施食莳使士氏仕示式事侍视试恃是柿轼谥嗜噬思巳四寺汜伺似觇姒祀泗饲驷俟涘笥粝嗣肆至志誌字自恣牸渍（56）

四　齐微（765）

【阴平】陂卑杯悲碑篦蚩鸥笞痴絺螭吹炊崔催低羝堤氏堆飞妃非绯菲扉霏騑归圭龟规闺瑰灰挥晖豗翚辉辉麾徽讥饥机玑肌矶鸡姬基鲑跻箕稽羁羇蘿几挤睢亏盔窥奎魁尿呸胚醅丕批邳披妻凄栖悽萋菶欺奇衰嘶虽荽睢绥梯推威偎隈煨西希郗牺犀稀

溪僖熙豨嘻熹羲醯曦铣伊衣医依猗欹攲漪噫斋知蜘追骓锥（127）

【阳平】逼鼻比池驰迟持墀篪垂陲鎚摧狄籴敌荻笛肥淝劾徊回或惑畿及极疾集嫉籍寂髻逵馗葵夔雷檑羸羸累厘梨狸离骊犁鹂漓蜊璃黎篱罹藜黧丽枚眉莓梅媒嵋湄楣煤弥迷縻麋靡尼泥倪猊輗霓鲵陪培裴皮毗疲脾罴期蹊祁齐岐芪其奇祇祈耆脐畦萁骑綦琦琦琪旗蕲麒鬐蘼射十什石实拾蚀食谁隋随绨啼提稊题蹄醍逖颓魋危逶微薇巍为韦围帏违闱桅惟维嵬夕兮奚习席袭携仪圯夷沂宜怡饴姨贻痍移遗颐疑嶷彝贼祗侄直姪值秩掷（179）

【上声】北匕比妣彼秕笔鄙必毕筚辟辟碧壁躃璧吃尺侈耻叱赤勅捶箠刺得德的滴涤嫡诋邸底柢觝否给宄轨诡癸鬼晷国黑虺悔燬卉贿毁击迹唧积绩激吉汲即亟急棘

几己虮挤脊戟麂纪济稷鲫克垒磊蕾偏蠡礼
李里娌理鲤醴履美浼弥祢米弭眯馁你拟旎
劈匹妣痞諀僻甓七戚漆乞岂启杞起绮棨綮
讫泣蕊失湿识饰室拭适轼释爽水髓剔踢体
腿唯伟尾苇委隗猥吸昔息惜淅翕锡橄洗玺
徙喜屣蟢隙一壹迤已以矣苡蚁倚扆椅汁织
执只炙质陟骘（180）

【去声】贝狈备背倍悖被焙辈誖贲比
币闭畀疵陛毙婢弊蔽嬖篦避臂炽吹氽倅脆
悴淬萃粹翠地弟帝娣递第谛棣缔队对兑怼
碓吠废沸肺费苐柜贵桂跪鳜会会讳绘诲桧
彗晦秽喙惠慧蕙计记妓忌技际剂季既济继
偈寄悸祭蓟霁冀髻骥剧脸鲙揆匮愧溃箦馈
勒耒诔肋肋泪类累醉擂莉力历厉立吏丽利
沥例戾枥渗疠隶俐荔栗溧砺唳笠粒痢詈雳
檪瑠妹昧袂媚寐魅谜觅秘密蜜墨内泥逆匿
腻沛佩帔珮配辔霈妻骑气弃契砌器憩日入

芮蚋锐瑞射世势逝誓税睡说岁祟遂碎隧穗
燧邃剟悌涕替嚏退蜕为伪纬卫未位味畏胃
尉谓渭慰蝟餧魏戏系细壻曳掖液腋一揖乙
义刈忆艺议异役译邑佾易诣驿枻疫益谊翊
逸意溢缢裔瘗毅镒劓瞖翼鹢懿馂忮制帜治
质致觯智滞稚置雉坠缀缒赘最罪醉（279）

五　鱼模 (576)

【阴平】逋餔哺车初樗刍粗都夫玞肤
趺麸鈇郰敷孚枹郭荸桴姑孤沽鸪菰蛄觚辜
呼居拘狙苴驹疽琚趄裾雎沮俱刳枯櫨铺区
岖驱蛆躯趋繻书枢姝紓梳疏舒输蔬苏甦酥
乌污呜胥须虚嘘需墟欤纡迂于吁朱侏诛邾
株珠诸猪蛛租（90）

【阳平】除厨滁锄蜍雏幮蹰储徂殂蘪
毒读渎牍犊独佛夫伏凫扶芙服浮蚨符袱脯

复鹘鹄好乎弧狐胡壶斛湖瑚鹕榍糊醐局瞿
卢庐芦泸炉轳舻颅鲈驴闾摸谟模谋挈奴弩
仆蒲醋劬渠蕖臞衢如茹儒嚅濡襦殊淑秫孰
赎赎塾熟蜀术述俗誉突图徒涂荼途屠菟巫
诬无吴吾芜蜈鼯捂徐渝于余好欤盂臾鱼俞
禺竽舁娱谀渔萸隅雩愉畲腴逾愚榆瑜虞觎
窬舆踰与誉轴洙茱铢逐属族镞（151）

　　【上声】暴卜补不出杵础楮褚楚处触
黜促簇蹙督堵赌觌否拂幅福蝠抚甫府斧俯
脯腑黼父复腹覆估沽毂古诂谷股牯骨罟羖
蛊鼓簋瞽忽虎浒笏贾局菊咀举矩莒榉哭窟
苦酷姥偻虏卤鲁澛橹吕侣旅缕氇某母亩牡
努弩女扑圃浦普溥谱曲屈取去汝乳叔菽暑
黍鼠束数墅速宿粟谡薮缩所秃土吐沃邬屋
五午仵伍坞庑忤武侮鹉舞兀许诩畜与伛宇
屿羽雨禹语圄圉庾御愈粥竹烛主拄渚煮杼
筑矗足卒阻组俎祖（164）

【去声】哺捕布步怖部簿醋措错杜肚妒度渡镀蠹恶拊釜辅父讣付妇负附阜赴傅富赋鲋赙固故顾雇锢互户护岵怙岵扈瓠获矩句巨讵拒苣具惧据距锯聚屡露陆录赂辂鹿禄滤路潞戮酗潞鹭麓簏偻律虑绿没木目沐牧募墓睦慕暮穆讷怒铺娶去觑趣茹孺辱入褥疏署曙戍树竖恕庶数澍诉泝素塑溯吐兔勿务戊物误悟悮弩弩雾寤序叙绪絮玉驭芋妪育郁狱浴预欲谕喻御裕遇鸹誉豫鬻住助注苎贮驻柱炷竚紵著铸诅祚胙做（171）

六　皆来（325）

【阴平】哀唉埃挨猜差钗揣该陔垓荄乖咍阶皆喈街稭开揩楷腮筛衰骀胎台邰歪偕灾哉栽斋（35）

【阳平】捱皑白帛舶才材财裁侪柴豺孩

骸划画怀淮槐颏来莱埋霾俳排牌骙台抬苔谐
鞋厓崖择泽宅（38）

【上声】矮蔼霭掰百栢摆伯采彩綵册侧
测策揣疄改革格隔骼给拐掴海醢骇解凯铠楷
刻客蒯买乃奶拍迫珀魄色稗摔索嚇蟹诒宰载
则择责帻仄戾栅摘窄谪（61）

【去声】捱艾爱隘败拜稗愸菜蔡蛋大代
岱迨带待怠殆袋逮戴黛额厄阨搕丐盖概亥害
坏解介戒芥届界疥诫慨块快哙赍赖濑癞籁率
迈麦卖脉陌眽蓦貊奈柰耐鼐搦派湃洒塞赛鍛
煞晒帅太汰态泰外械廨懈獬薤瀣载再在债寨
豸眦（91）

七　真文（277）

【阴平】奔贲宾彬滨飡嗔瞋春椿村敦墩
燉恩分纷芬氛汾根跟昏荤婚巾斤津筋军君均

钧菌坤昆髡鹍鲲喷亲逡申伸身绅诜孙荪吞暾
温瘟忻辛昕欣莘新薪勋熏薰曛询荀徇洇因姻
茵殷煴氲晕珍真甄榛臻振谆尊遵樽（85）

【阳平】濒嗔尘臣辰陈宸晨纯唇淳鹑蓴
醇存蹲坟棼焚痕浑魂筼邻粼燐辚磷鳞麟抡伦
沦纶轮崙论门扪们民旻珉缗盆贫频颦苹芹秦
勤裙群人仁纫娠神屯饨豚臀文纹闻蚊巡旬驯
循垠寅银鄞鼋龈嚚员云匀纭芸耘（84）

【上声】本畚蠢忖盾粉衮很狠壶叠紧谨
槿瑾尽窘肯垦恳悃阃闵泯悯敏愍品牝困忍哂
蜃瞬损笋隼筍刎吻稳龈尹引蚓隐允狁陨诊轸
疹稹准（54）

【去声】奔殡膑鬓衬龀趁寸囤沌盾钝顿
遁分忿愤粪恨诨混尽近进晋烬赆觐俊郡峻浚
骏困吝蔺论闷懑嫩喷刃仞讱闰润肾慎顺舜
褪褖问搵信衅训讯迅逊殉巽印孕运恽晕酝愠
韵蕴阵振赈镇震（54）

八　寒　山（181）

【阴平】安鞍扳班般颁斑餐丹单郸殚箪番幡翻藩蕃反干肝竿关鳏摚奸间艰菅刊看纶攀悭乾山删珊跚潜拴摊滩弯湾殷（46）

【阳平】残潺弹帆凡烦燔繁邯寒韩汗翰还环寰鬟戈兰拦栏阑斓蛮难坛檀玩闲痫颜圜（32）

【上声】坂板钣产剗铲瘅亶反返竿秆赶罕拣简侃懒赧伞散缵坦袒挽晚绾眼趱盏琖（31）

【去声】犴岸按案办扮拌瓣灿粲璨篡旦但诞弹惮犯泛饭范贩畈干幹惯掼棍骭汉汗旱悍翰瀚幻宦患豢摚间涧谏看烂曼谩嫚慢蔓难盼散讪汕疝叹炭万腕苋限渲晏雁赝赞瓒栈绽馔譔（72）

九　桓欢（98）

【阴平】般搬摤峏端观官冠棺欢貛貆宽潘狻酸湍剜蜿豌婉钻（22）

【阳平】瘢弁桓峦栾鸾滦銮圜馒瞒谩漫缦盘槃磐蟠胖屾团抟丸纨完勃攒（27）

【上声】欵短馆琯管盥浣瀚卵满暖椀缵纂（14）

【去声】半伴绊拚摤蹿窜段断锻观冠贯灌鹳缓奂唤换涣焕乱撋幔漫镘判泮畔蒜算玩惋腕钻（35）

十　先天（284）

【阴平】边笾编鳊鞭扁川穿颠巅癫坚肩笺湔煎鞯溅娟涓鹃镌蠲偏篇翩蹁千阡芊迁牵愆骞悛圈诠荃痊铨筌煽膻羶扇天蜿宛仙先掀

跹鲜轩宣喧揎萱暄咽烟胭嫣燕冤鸳渊鹓旃甎
鹯专砖（73）

【阳平】便禅缠蝉廛传船椽钿还捐连怜
莲联挛眠绵年骈胼铅前虔钱乾全权泉拳颧然
燃田畋填阗弦贤涎絃舷玄悬旋璇焉延妍言沿
研筵蜒鸢元员园垣原圆袁援缘嫄源猿辕圜鼋
（70）

【上声】贬扁匾緬阐舛喘典棍茧笕剪蹇
卷琏娈脔脔免沔黾俛勉眄冕渰辇撚碾浅遣犬
阮软吮殄腆畹洗铣鲜冼狝显跣藓选癣兖衍偃
演爣堰谳远苑展辗转啭（61）

【去声】卞弁汴便变遍辨辩禅颤传串钏
单诞电佃甸钿奠殿靛见件建饯荐贱健溅践箭
倦狷绢眷胃练炼恋楝面片骗谴圈绻劝券煽扇
善擅膳鳝县现线宪羡献霰旋漩绚鏇咽彦砚唁
宴谚堰燕怨院掾愿战篆（80）

十一　萧 豪（495）

【阴平】凹坳麈包苞胞褒杓标膘飙镳操抄超朝嘲刀叨舠魛刁凋彫琱貂碉鵰羔高橰膏槔篙糕蒿薅交郊娇茭骄胶椒焦蛟鲛蕉教么抛脬漂飘硗敲锹憔僬撬搔骚缫臊弰捎梢烧筲蛸艘掏滔韬饕挑枭枵骁宵消绡鸮萧硝簘销潇箫霄魈嚣哮幺夭妖喓腰邀要遭糟招昭啁抓（106）

【阳平】敖嗷獒遨璈鳌鏊杓泊博箔薄曹嘈漕槽蟛晁巢朝濯潮酢调度镀铎踱缚锅毫嗥豪嚎濠号涸鹤镬捞牢醪涝辽聊僚寮鹩猫毛茅旄髦蝥芼苗描呶挠铙猱咆庖袍匏跑瓢乔侨荞桥谯樵瞧翘荛饶桡芍韶涛咷逃桃陶陶淘萄綯佻条迢蜩髫跳淆学爻尧肴姚窑敲谣摇遥瑶嶢凿著浊擢濯镯昨（116）

【上声】祅媪懊宝饱保堡葆褓表剥驳草

炒戳绰错岛倒捣祷缶杲缟稿镐藁阁各郭好壑
姣茭角狡绞皎矫脚铰搅缴觉爵考栲廓老姥潦
獠燎蓼了瞭卯昴炒眇淼渺藐恼脑鸟袅嬝剽漂
殍魄剖悄巧却雀鹊扰娆绕扫嫂稍少烁铄溯索
讨挑窕托橐拓柝削小晓筱谑夭杳咬舀早枣蚤
澡藻沼爪卓捉灼斫酌琢作柞（120）

【去声】拗傲奥澳懊鏊报抱豹鲍暴爆俵
鳔鳔操糙漕钞导倒蹈到悼焘盗道稻纛吊钓调
掉恶鄂愕萼鳄告诰郜好号昊浩耗皓皞颢灏微
叫轿较教窖酵噍峤醮觉恪劳涝烙酪嫽乐乐乐
疗廖镣料掠略洛络珞落茂冒耄帽貌妙庙末沫
莫寞漠幕闹淖溺尿疟虐诺炮泡砲瀑俏诮峭窍
鞘弱箬扫烧少邵绍哨眺祟跳孝肖劭效校校笑
啸药要鹞曜耀约岳钥跃灶皂造造噪燥躁召兆
诏赵笊棹照罩肇（153）

十二　歌 戈（221）

【阴平】阿波玻嶓瘸搓磋多番戈哥歌锅过讹呵柯珂科轲窠蝌么坡颇莎唆娑挲梭睃蓑簑他拖佗沱倭涡窝（40）

【阳平】跋魃泊勃渤箔薄矬度度夺铎讹俄娥峨鹅蛾膰佛拂缚禾合何和河盍荷盒褐鹤活获穫镬苛罗萝锣箩骡螺摩磨魔那挪傩哦婆都皤捼驮陀沱驼跎酡鼍凿浊着濯镯（66）

【上声】拔跋钵跛簸撮脞掇朵躲袼割阁葛蛤哿舸果蜾裹荷火伙夥坷轲颗可渴括阔螺裸蠃抹那娜泼颇叵粺琐锁脱妥我左（47）

【去声】播簸磋剉挫锉大埵剁堕舵惰堁恶饿鄂萼鹗鳄个过和荷贺货祸课嗑烙酪乐乐掠略逻洛络落摞么磨末沫莫寞幕那疟虐诺搭懦糯破若弱唾卧些约月岳钥跃左佐坐座（68）

十三　家麻（184）

【阴平】巴芭疤豝叉杈查差瓜花加佳迦枷珈家笳袈葭嘉猳夸葩沙纱砂鲨娑哇洼娲蛙窪挝蜗虾丫呀鸦吒楂抓（42）

【阳平】拔茶搽槎达沓乏伐罚筏华哗骅滑猾划袷麻痳蟆蟆挐拿杷爬耙琶洽挞踏匣侠狎峡遐瑕暇辖霞牙芽涯衙杂咱闸（46）

【上声】八把插锸察诧搭嗒答打发法刮剐寡笺夹甲胛贾假妈马掐恰撒洒飒萨杀傻霎耍塌塔獭榻瓦瞎哑雅匜啊吒剳扎札（47）

【去声】凹钯靶坝罢霸诧姹大卦挂华化画话桦价驾假嫁稼胯跨拉腊蜡辣骂抹那纳衲帕怕暇下吓夏厦压押鸭亚讶迓乍诈咤榨（49）

十四　车　遮（173）

【阴平】车爹嗟奢赊些靴遮（8）

【阳平】碍别呆跌迭垤谍喋絰叠牒蝶杰
捷睫截碣竭撅绝镢瘸舌佘蛇涉凸侠协挟斜
穴琊爷耶折（37）

【上声】鳖别搩掣撤澈啜辍哆楫荚铗颊
疖接节劫洁结姐决诀抉谲蕨鸠客诺撇瞥切
且妾怯窃挈箧缺阒阙惹若舍捨设摄说贴铁帖
餮歇蝎写泄泻绁屑亵媟屟燮薛雪血也冶野折
哲摺辙者赭褶浙拙（78）

【去声】额借藉列劣冽烈猎裂鬣灭蔑
篾捏聂臬啮镊蹑蘖热舍社射射赦麝贳泻卸谢
榭噎业叶邺夜烨谒月刖悦钺阅越柘蔗鹧炙拽
（50）

十五　庚青（338）

【阴平】崩绷冰兵并称柽蛏铛撑瞠丞秤灯登丁仃钉更庚耕赓羹肱觥亨哼轰薨泓矜京泾经荆惊旌菁晶睛粳兢精扃坑铿烹青轻倾卿清鲭僧升生声牲胜笙甥膛厅汀听馨兴星惺猩腥醒兄应英婴瑛嘤缨樱璎鹦膺鹰萦曾增憎罾贞祯争征狰铮筝蒸正（98）

【阳平】层丞成呈承诚城宬乘惩程塍澄橙冯恒桁横衡薨弘宏纮闳茎鲸鲸楞棱伶灵泠苓瓴凌铃陵棂淩绫翎聆菱蛉零龄鸰令盲岷萌盟甍名明鸣冥铭溟蓂瞑螟能宁狞凝朋棚鹏娉俜平评凭屏枰瓶萍勍情晴擎檠黥茕惸琼仍荣嵘绳盛饧疼腾誊滕藤廷亭庭停婷蜓霆刑行邢形硎铏醒迎茎盈荧萤营蝇赢嬴瀛曾缯（124）

【上声】丙秉炳饼逞骋等酊顶鼎哽绠耿梗鲠井颈景儆璟警境矿冷岭领猛艋皿茗酩屏

顷请省町挺铤艇惺醒郢颖影永拯整（47）

【去声】迸柄并病称撑乘秤邓凳磴镫
钉订饤定锭亘更横劲窑净径胫竞竟敬靖獍
静镜迥淩令孟命宁佞泞聘倩庆磬罄胜圣盛
剩媵听兴行杏姓幸性应莹硬咏甄赠挣正证
诤郑政（69）

十六　尤侯（234）

【阴平】彪抽瘳兜篼勾沟钩篝湫鸠阄
啾抠沤欧瓯鸥沤丘秋楸鳅区收搜溲馊飕偷
休修咻麻羞貅馐优忧幽尤啁州舟周洲邹驺
诹陬鲰（51）

【阳平】仇俦惆绸畴愁稠筹酬踌侯喉猴
篌刘流留旒遛骝榴瘤娄楼髅搂矛蟊缪牟侔眸
鍪牛裒囚求虬泅酋述球逑裘柔揉蹂熟头投骰
骰攸悠尤由犹邮油疣蚰游蝣轴逐（45）

【上声】丑斗抖陡蚪否狗苟枸垢吼纠九久灸玖韭酒疚口柳搂篓忸狃扭钮殴呕偶耦藕剖揉手守首叟瞍薮宿朽友有酉莠牖黝诱粥肘帚竹烛走（55）

【去声】臭凑辏斗豆逗窦勾诟购够媾彀遘侯后厚逅堠究旧臼咎柩厩救就舅鹫扣寇蔻溜浏留馏瘤六陋漏瘘镂贸懋谬缪肉褥首寿受狩兽售授绶瘦漱嗽宿透秀岫绣袖嗅柚又右幼佑侑囿宥纣咒宙昼胄皱骤籀奏（83）

十七　侵寻 (85)

【阴平】参郴琛今金矜衿襟浸禁侵钦衾森深椹心歆阴音暗簪针砧斟箴（26）

【阳平】岑涔忱沉林临淋琳霖芩琴禽噙擒壬任寻浔鲟吟淫霪湛（23）

【上声】锦噤凛廪懔您寝荏稔衽沈审婶饮怎枕（16）

【去声】谶浸禁噤赁沁荏任妊衽恁甚渗窨因荫饮谮鸩朕（20）

十八　监咸（106）

【阴平】庵谙鹌参骖骖搀担眈聃儋甘泔柑疳疳酣憨监缄毚堪戡三杉衫贪探（28）

【阳平】蚕惭谗馋含邯函涵岚婪蓝篮男南喃楠昙谈覃痰谭潭咸衔岩（25）

【上声】俺黯惨胆萏萏敢感喊减坎砍览揽榄榄腩糁糁毯斩（21）

【去声】暗忏担啖淡绀淦赣颔憾撼监舰舰鉴槛勘阚缆滥嵌讪讪探陷馅暂錾站湛蘸赚（32）

十九　廉纤（92）

【阴平】觇掂竿尖奸兼缣鹣渐拈佥谦苫添纤暹恹淹阉腌沾粘詹瞻占（25）

【阳平】蟾唌帘廉拈鲇钤钳潜黔髯恬甜嫌严炎盐阎檐粘（20）

【上声】谄点捡检脸睑髯冉苒染闪陕睒忝舔险崦奄掩琰魇餍（22）

【去声】店垫玷俭剑渐僭欦潋念欠芡茜堑歉苫赡厌艳验焰滟酽餍占（25）

鸣　谢

　　在本书编写过程中，居庸诗社张伯元、《中华诗词》编辑部副主任张力夫二位先生，多次与笔者讨论，提出了很多宝贵的意见和建议，并进行了大量的校对工作；溪翁、杨贵全二位先生对附录一《新韵歌诀》的成文做出了贡献。他们的工作，弥补了笔者许多不足，对本书的完成起了很大的帮助作用。在此，一并向他们表示衷心的感谢。